鍾浩然　著

# 急症室的福爾摩斯 IV

# 病歷表上的
# 摩斯密碼

商務印書館

**責任編輯**：林雪伶　張諾曦

**裝幀設計**：趙穎珊

**排　　版**：肖　霞

**印　　務**：龍寶祺

## 急症室的福爾摩斯 IV —— 病歷表上的摩斯密碼

作　　者：鍾浩然

出　　版：商務印書館 (香港) 有限公司

　　　　　香港筲箕灣耀興道 3 號東匯廣場 8 樓

　　　　　http://www.commercialpress.com.hk

發　　行：香港聯合書刊物流有限公司

　　　　　香港新界荃灣德士古道 220-248 號荃灣工業中心 16 樓

印　　刷：美雅印刷製本有限公司

　　　　　九龍觀塘榮業街 6 號海濱工業大廈 4 樓 A 室

版　　次：2024 年 6 月第 1 版第 1 次印刷

　　　　　© 2024 商務印書館 (香港) 有限公司

　　　　　ISBN 978 962 07 6746 3

　　　　　Printed in Hong Kong

## 福爾摩斯的醫學筆記

　　當日雖是中午，但陰風怒號，我與老爸躲在一幢華麗、聚滿專科醫生的大樓，豆大的雨點打在落地玻璃上，咚咚如我緊張的心跳。醫生在電腦前運指如風，不消半分鐘就遞給我一張介紹信，囑老爸自行到醫院求醫，急速但純熟的語調彷彿告訴我：「看診就到這裏吧！外頭仍有病人在排隊。」

　　我拿着介紹信，沉甸甸的，知道一定不會是什麼好介紹。信上有一些由字母和符號組成的暗碼，我雖好讀書，仍無法理解，只感到半分迷茫半分自卑。外頭仍下着大雨，不幸的是，我沒有帶傘子。

　　過了一段日子，也是中午，吾兄鍾浩然醫生完成了他書展的第四本作品——《病歷表上的摩斯密碼》，説：「這本小書以幽默的方式介紹艱深的基礎醫學知識，其中一個目標群體是希望報考醫學和護士的學生，當然普通市民也是合適的。」急症室的福爾摩斯今次不以查特別病案作主線，反而化身醫學通識老師，希望薪火相傳，將醫學術語普及化，以惠大眾。坦白説，報考醫護，

我老早已是回首恨遲。如今以中年讀者的身份讀畢全書，仍覺輕盈，且有兩大讀後感可作概括，一是甚有趣味，二是甚為必須。

簡言之，如果我能早些讀到這本書，借到鍾兄這份專人編修的醫學筆記，對這類醫學術語或暗碼多幾分了解，當日面對專科醫生的介紹信時，至少可減卻幾分狐疑和不安。如果我早備好傘子，根本不必怕下雨。

鍾兄在引子説：「這些在旁人看來無法理解的字母組合，卻是我每天看完一名病人之後，都會以鋼筆勾勒出來的加密報告，當中完完整整地記錄了病人的情況、身體檢查結果、檢測結果、最終診斷以及治療方法。」每天完成診治後，他不是想辦法去放空一下，而是不放過自己，一再想想還可以怎樣貢獻醫學界，讓更多市民從中獲益，讓醫學知識更添生活氣息。

十年人事幾番新。十年間的醫學發展，速度可比高鐵，當中若有一些是我們不想被改變的，必然包括醫生的仁心、仁術，以及對病人的關懷。有幸與鍾兄建立十年友誼，深感其人始終如一：專業、勤奮、正氣、重情、貼地，還有，胸襟廣闊，包括對於我這個在他急症室認識的損友，一直不離不棄。

他自第一本書《急症室的福爾摩斯》出版後，因其內容勵志、幽默，大受讀者歡迎，並瞬即成為學界「讀書報告」寵兒。於我任教的學校，甚至有學生拿他的書找我簽名，我因此有幸佔了

便宜，才寫了幾百字的序言，就被誤當成作者，是以鍾兄今次再找我寫幾句時，浮現出來的幾項心理報告，一經解碼，全都指向「答應」。

答應之後，自然需要立即消化內容，沒料到，閱後大感不悅，並很想當面怪責他：「怎麼搞的！這本書，為甚麼出得這麼遲？如果我能早些讀到的話，那些摩斯密碼就完完全全不可怕了。」

剛才顯然是說笑。不悅是曲說，必閱才是實話。從《急症室的福爾摩斯》、《守護生命的故事》、《愛與夢飛行》、《醫生女兒要搗蛋》到這本《病歷表上的摩斯密碼》，心水清的讀者當能發現，每一本皆主題鮮明，卻又截然不同。市面上，甚至是市面背後，都不曾發現有如此多維度的醫生作家。這並非偶然，是鍾兄有意為之。如他所言，他希望每本書，在公在私，都有突破。

公是指醫學知識，私是指滿載感情的筆觸。顯然，我的序言沒有突破，但親愛的讀者務必垂注，鍾兄的書，每一本都能推陳出新，不斷突破。

**蒲葦**

香港教育大學宗教教育與心靈教育中心名譽顧問

資深中文科老師、主任、教參書編者、教育專欄作者

歷任《文學中大徵文比賽》及《中學生閱讀報告比賽》等評審

多次應邀主講寫作及教學講座

# 自序

　　我是在 2023 年 12 月 8 日寫完這本書的。翌日，我懷着輕鬆愉快的心情登上航機，遠赴菲律賓首都馬尼拉以南 120 公里的潛水勝地阿洛尼，暫時逃離陸地上的煩擾，出世逍遙。這個自己付錢買來的禮物，我是絕對值得擁有的。

　　我在過去兩年共完成了四本作品，平均每六個月出版一本書，共計約 38 萬字。這對一名擁有正職的公立醫院急症室醫生來說，工作量是極其繁重的。在過去的 700 多個日夜裏，除了上班工作之外，大部分時間我都是埋頭苦幹，等孩子放學時坐在車上寫，待孩子入睡後躲在書房裏寫，孩子上學後到上班前的空隙呆在客廳寫，孩子和媽媽到海外旅行時留在香港繼續寫……有那麼三個月的時間，我堅持無論身心多麼疲累，每天仍要寫畢一篇完整的文章。如果不是這樣的話，這 38 萬字是不會輕輕鬆鬆在 24 個月內憑空掉下來的。這個道理顯而易見，而且我也早有領會。一個人要取得成功，必須比旁人付出更多的努力，而今天是我享受勝利果實的日子。

　　另外，這個時間上的巧合也值得我為之振奮。按照原本的計劃，我需要在年底前寫好所有文稿，而我提前三星期完成了工

作，讓我得以無牽無掛地上機，完全擺脫所有塵世間的雜務，把都市生活瀟灑地甩在後頭，藏身世外桃源享受難得的寧靜一刻，無疑是對過往一段艱辛日子的最佳回報。

這本書由初始概念，到在腦海中組成一個個段落，及至最終被印刷成一本本書籍，得以在現實世界存在，必須感謝兩年前一名小學生向我說的一句話。他在問診過程中對專業名詞的簡寫展現出的興致，啟發我以常見的醫學密碼為切入點，透過解構這些密碼作為寫作手法，撰寫一本醫學科普著作。這本書的誕生，絕對離不開他的功勞。

一般人對醫學知識都懷有一定興趣，但對購買醫學科普書籍卻不一定擁有同等的意欲。原因很簡單，大部分醫學科普書籍均由醫生撰寫，醫生是理性的物種，對專業資訊的準確性十分重視，卻很少受過長期的寫作訓練，缺乏發揮語言藝術的能力和經驗。由於這個緣故，大部分醫學科普書籍資訊性有餘，可讀性卻不足，能把艱澀的醫學知識轉化為生動文字的作品寥寥可數，或許令部分讀者望而卻步。

我本身一直也很抗拒撰寫純粹的醫學科普書籍，因為我深明從讀者角度出發，這種書很難稱得上好看。2021 年 12 月某天中午，那名好奇心強烈的小朋友在偶然的情況下，向我提出了一條簡單不過的問題，馬上就在我心裏燃點了靈感的火花。從醫學

名詞的簡寫入手，解釋它們的全稱為何，從而擴展開來描述相關知識及對普羅大眾的意義，頓時讓我豁然開朗。眼前彷彿出現了「花徑不曾緣客掃，蓬門今始為君開」的清新氣象，我在柳暗花明之處，無意間發現了一條引人入勝的小徑。我深信這條小徑可以把讀者帶往隱蔽在不遠處的醫學寶藏，讓有興趣的人懷着愉快的心情，發掘它未為人知的價值。

為了寫好這本書，增强强它的可讀性，我在不影響資訊性和真實性的前提下，最大程度上運用了輕鬆幽默的寫作手法，努力讓每個故事變得生動有趣，希望讀者在獲得醫學知識之外，也能享受閱讀的無窮樂趣。若這本小書最後能達致這兩個目的，就是我能渴望得到的最大成功，也不枉過去五個月日以繼夜的「風吹雨打」。

我把這本書的閱讀對象設定為沒有多少醫學知識的普羅大眾，換句話說就幾乎是任何人都適宜。我相信所有人在書中都能找到適合他們的內容，也能尋獲與自己息息相關的資料，在日後的人生旅途定能在某程度上發揮作用。此外，我誠意把這本作品推薦給中小學生，特別是那些立志報讀醫療護理行業的朋友。在這本書裏，除了可汲取基本的醫療知識，為將來的道路打好基礎之外，當中的專業知識和術語，或令他們在面試中發揮鶴立雞羣的表現，在考官心中留下不一樣的印象。

千里之行，始於足下。山巔回首，過去五個月走過的路盡展腳下，起始的腳印還深深陷在不遠處的泥巴。空氣中飄蕩着病歷表上的摩斯密碼，而福爾摩斯正以凌厲的眼神掃視四周，盤算着通往下一個目的地的路徑。

2023 年 12 月 19 日

**鍾浩然**

# 目錄

| 第一章 |

## 福爾摩斯的破案關鍵

| 第二章 |

# 發掘埋藏的寶藏

| 第三章 |

# 醫生手中的武器

| 第四章 |
# 病歷表上的終極答案

# 病歷表上的摩斯密碼

「醫生叔叔，你究竟在寫甚麼密碼？」

一名年約六、七歲的小學生在陪伴家人看病的時候，滿臉狐疑地緊盯着枱面上的病歷表，目光一直跟隨着我的日本 Sailor 牌鋼筆舞動，一言不發地表現出超越他那個年紀的心事重重。

雖然我早就洞察了他與眾不同的慎重，但礙於要顯露出一名醫生專業上的老成持重，儘管猜不透他陷入沉思背後的因由，也不便隨便宣之於口，以免在無意間洩漏了我愛管閒事的性格。

在我查問完他家人的病歷，並以淺藍色的墨水在病歷表上寫下完整的最後一句，然後把筆尖利落地套入筆套的一剎那，那名小孩終於忍不住好奇心的驅使，坦率地向我吐出了心中的疑問。

這刻，我這名以書名《急症室的福爾摩斯》行走多年的作者才恍然大悟，原來他剛才是試圖趕在我寫完病歷之前解開謎團。

這是在 2021 年 12 月 22 日發生的事。時至今日，我的記憶

仍清晰得如當天一樣。原因很簡單：我也是兩名小孩的父親，這個孩子孺子可教也！

這名小孩對環境的敏銳觸覺、觀察的細緻入微、對知識的極力渴求，令我就像在漆黑的煤堆中找到了一顆閃亮的鑽石，登時抖擻精神。根據我多年的經驗，從他身上散發出來的特質，是達致成功的重要基石。

為了讓他帶走一顆可能改變他一生的種子，我懷着愉快的心情從左胸前的口袋再次摘下那支鋼筆。我把筆套挪開，將筆尖輕輕地壓在一張隨手拿過來的白紙上，淺藍色的墨水隨即又輕快地飛舞起來，在紙上組合成一串串表面上毫無意思的字符。

這些在旁人看來無法理解的字母組合，卻是我每看完一名病人之後，都會以鋼筆勾勒出來的加密報告，當中完完整整地記錄了病人的情況、身體檢查結果、檢測結果、最終診斷以及治療方法。這份宛如埃及四千年前象形文字的手稿，滿載祭司對生命的詮釋，甚至揭示着人生的走向。

我親切地把小孩喚過來，讓他站得更靠近我一些，便拿起那張模擬的標準病歷，興致勃勃地向他拆解隱藏在白紙上那些摩斯密碼的奧秘。

「為了方便書寫，醫學中有不少約定俗成的縮寫⋯⋯」我開始提起工作半天過後的沙啞聲線，娓娓道來，逐一解釋那些字符的意義：

**PMH / PHx**：past medical history / past history（既往病史）

**GPH**：good past health（一直健康）

**C/O**：chief complaint（主訴症狀）

**RN**：runny nose（鼻涕）

**4/7**：4 天

**Hx**：history（病歷）

**ST**：sore throat（喉嚨痛）

**SOB**：shortness of breath（呼吸困難）

**V**：vomiting（嘔吐）

**D**：diarrhea（腹瀉）

**5/7**：5 天

**o**：沒有

**+**：有

**P/E**：physical exam（身體檢查）

**GC**：general condition（整體狀況）

**J**：jaundice（黃疸）

**P**：pallor（蒼白）

**C**：cyanosis（發紺）

**AE**：air entry（進氣）

**Dx**：diagnosis（診斷）

**URTI**：upper respiratory tract infection（上呼吸道感染）

**Mx / Tx** = management / treatment（處理方法）

**AED FU on 30/12/2021**

**AED**：accident & emergency department（急症室）

**FU**：follow up（覆診）

那天回家後，我把這個在診症時的奇遇發佈在自己的專頁。令我意想不到的是，這篇短文獲得不少讀者的讚好，被轉發數十次之餘，還在帖文下引來熱烈的討論。

突然間，我隔着電腦螢光幕也隱約嗅到了空氣中的特殊氣味，並且承接了那名小孩對環境的敏銳觸覺，我感覺到大伙似乎對醫學密碼這個話題擁有濃烈的興趣。本來我在寫了三集《急症室的福爾摩斯》後，就開始為第四集的寫作形式和內容發愁。我絕非一個因循守舊的人，不希望每一次都重走舊路。那既沉悶，又沒趣，難以叫我提得起勁寫下去。福爾摩斯系列的第一集是以散文形式寫的，第二集換成了小說的形式，雖然兩集都算比較成功，取得不俗的成績，第三集寫我和家中兩隻小魔怪的兒科趣事，但第四集在不吃老本的情況下該何去何從，我一直未找到新的方向。

有了解構醫學密碼作為全書的重點，圍繞這個中心思想思索下去，不久我就連書名也都擬定好了，就把第四集喚作《病歷表上的摩斯密碼》。一來這個書名和密碼的內容有關，二來福爾摩斯使用的密碼自然就是摩斯密碼，互相佐證，相得益彰。

就這樣，一切都準備好了，我在 2022 年 1 月 27 日晚上 11 時 27 分寫成了全書的這個引子。從現在開始，急症室的福爾摩斯正式開始把讀者帶進密碼的世界，把病歷表上的醫學奧秘破譯出來。

# 第一章

# 福爾摩斯的破案關鍵

GC P Ix
Hx P/E TGR
itis C/O TBI
GCS JPC
BP/P SOB SD
MSU PO IMI IV SC LA
Mx Dx CT USG ATP
-ectomy / -otomy / -ostomy I&D
#NOF IO
AMPLE PPU
ECG GE CXR
DAMA UTI
SVT PMH
Tds Q4H 1/52 3/52 HT
URTI CSED AF
RICE

# 福爾摩斯的破案關鍵：**Hx**

我下筆之前，特意翻查了 2016 年出版的《守護生命的故事》，那是《急症室的福爾摩斯》系列的第二集，該書及兩年後加印的《守護生命的故事（增訂版）》，均有幸成為了是年香港書展上商務印書館的暢銷新書。逐漸丟失的記憶提醒我，八年前自己曾在書中寫下過如今依然用得上的內容。

翻到書中的第七頁，引子的其中一段如是說：

普遍而言，正確的診斷結果可以透過三種方法取得，分別是病歷查詢（History taking）、身體檢查（Physical examination）及檢測化驗（Investigations）。個人認為，病歷查詢是臨床診斷中最為重要的一環。我還在大學求醫的年代，不同的教授經常說，只要獲得一個完整詳細的病歷，根本無須任何身體檢查和檢測化驗，已經可以對超過百分之七十的病症作出準確診斷，足以證明病歷查詢在診症中的重要性。但完整詳細的病歷並不是從天上掉下來的，需要醫生耐心細緻地從病人口中獲取資料，並以邏輯思維逐步拼湊出能夠合理解釋病人情況的完整畫面，這就要考驗

醫生的病歷查詢工夫了。

現在重看這段文字，才發覺當年的思路出了一個小問題。整段文字的中心思想固然是無可挑剔的，只是當時用上了「個人認為」這個帶有主觀性的字眼。八年過去了，如果《守護生命的故事》有機會再次加印的話，我會毫不猶疑地把這四個字刪除，因為在這數年間，我詢問過從不同國家到我處學習的醫學生，從他們的口中得知，不同地方的教授們都曾說過同一番話，而且同學們也深有同感，足以客觀證明病歷查詢在臨床診斷上的重要性。

病歷的醫學專有名詞，就是簡簡單單的一個英文字history，簡寫為 Hx。雖然簡單，但病歷查詢卻是每一次診療過程中最重要的組成部分，也是每一份病歷上記錄得最詳盡之處。在每一份病歷表的開首，都會看到與 Hx 有關的字眼，包括了PMH、C/O、HPI 等等，這些資料綜合起來才構成整份病歷。在正常情況下，依先後次序排列，一份病歷表的格式是這樣的：

**病人的身份資料**

**PMH:**
**C/O:**
**HPI:**

我姑且把 PMH 和 C/O 的意義留待下兩個章節才作詳細論述，這個章節主要針對 Hx 中的 HPI 進行闡釋。

HPI 所代表的是 history of present illness，中文翻譯為「現病史」。淺白一點來說，現病史就是與病人某次求診直接相關的病情，包括了所有病徵、受傷的情況、症狀出現的時間和先後次序、患病的前因後果等等。這些資料是指引醫生作出正確判斷的重要線索，所以也是整份病歷表上篇幅最長、記錄得最完備的部分。

每一本醫學教科書上，都詳盡記錄了每一種疾病的病徵。如果把書上某個病的名稱覆蓋起來，只把餘下的病徵部分拿給醫生看，我確信大部分醫生都可以作出正確診斷。奈何在現實世界中，並非每一名病人都有能力複製教科書上所有典型的病徵，一字不漏地以言語表達出來。而且即使患有同一種疾病，不同的病人也不會顯現完全相同的病徵，因此病歷查詢並非純粹的一門科學，而是變成了一種技巧，甚至演化成一項藝術。用心聆聽、條理分明、精於分析、善於溝通的醫生，一般更容易獲得一個全面和準確的現病歷，更容易從病歷中破解醫學疑案。

由於大部分病人沒有學習過提供病歷的技巧，一些情況也確實難以用陌生的詞彙表達，所以病歷查詢一般由醫生主導，把複雜的醫學概念轉化成易於理解的問題，導引病人說出有助診症的

答案。查詢病歷的作用，是從病人口中收集有用的資料，並依此為據尋獲正確的病因。因此談話只是手段，獲取有助診斷的資料作分析處理，才是最終目的。醫生經常在問診時談笑風生，並非要炫耀長袖善舞的過人之處，而是要建立彼此間的互信關係，從而有助溝通。基於這個原因，病歷查詢是醫學生在臨床學習階段，必須反覆練習的技巧。在不同級別的醫科專業考試中，病歷查詢的能力和技巧，均會被列入考核範圍之內。

同一名病人由不同資歷的醫生查問病歷，鑒於知識和經驗上的分野，或會得出截然不同的故事。醫生是根據現病歷作出臨床判斷的，不同的現病歷自然會導向不同的診斷結論，在遇到嚴重病症時若得出錯誤的診斷，可導致災難性的後果。事實上，日常工作中也不時遇到這種情況。

醫生在問診過程中所提出的每一條問題，都有其用意。醫生把醫學知識巧妙地化成問題，在獲得答案後對潛在病因進行配對，在層層篩選後排除大部分的可能性，餘下的幾種疾病就成為了最可能的致病元兇。在整個問診結束後，若只剩下一個無可辯駁的可能性，自必就是正確的病因。如果最後仍有幾個可能性，則需要額外的身體檢查和檢測化驗，才能獲得最終的答案。正常來說，面對上呼吸道感染、鼻敏感、腸胃炎、尿道炎、痛風症、食物和藥物敏感等常見疾病，單憑一個完整的病歷，就可以幫助醫生快速找到正確的結論。

這篇文章我是分開兩天才寫完的。在第一天的時候，一名好友透過電話向我問診，說兒子在上課時突然暈厥，並摔倒在地上，兩眼反白，手腳僵硬，而他小時候有過一次熱性痙攣（Febrile convulsion）的病史，問我像不像癲癇發作。

我問了她幾個針對性的問題，看他兒子昏迷了多久，四肢抽搐了多久，有否雙眼反白，口吐白沫，小便失禁，四肢停止抽搐後需要多長時間才回復完全清醒的狀態。由於朋友事發時不在現場，未能清楚回答所有問題，所以我最初也不能作出正確結論。鑑於不能排除癲癇發作這個可能性，我建議她馬上帶兒子到急症室求診。

當天晚上，我問其子入院後的情況如何。她向我展示了老師講述現場觀察所得的視頻，說小朋友站立時突然頭暈及面色蒼白，然後慢慢摔倒在地上，四肢僵硬但沒有抽搐，兩三秒後即回復正常意識，並說醫院的兒科醫生認為不太像癲癇發作。

在她解答了我的問題之後，我十分同意兒科醫生的判斷，那絕對不是癲癇發作，而更像血管迷走神經性昏厥（Vasovagal syncope）。我安慰朋友說，血管迷走神經性昏厥並非嚴重的情況，她的兒子應該隔天就可以出院。到了第二天，一如所料，他的兒子可以回家了，出院證明書上的診斷欄目清晰地寫着vasovagal syncope。

我決定把這個經歷寫進這個章節之中，讓它完美地說明問診的重要性。我從沒真正遇見朋友的兒子，無從進行任何身體檢查和檢測化驗，僅僅依據朋友提供的答案，就可以作出與主診醫生相同的結論，並對處理方式也作出正確預測。這就是蘊含在一個完整病歷之中的威力。

# 喋喋不休的苦衷：PMH

　　醫生遇到一名從來沒有看過的病人時，在開始查問求診原因和各種徵狀之前，往往會先問清楚病人的過往病歷史，這對分析病人是次患病的情況，具有極為重要的價值。即使醫生之前已看過同一名病人，在開始問診之前也會習慣性地先看一下過往的病歷史，這基本上是每位醫生的常規動作。

　　病人的過往病歷史，在醫學上的正確名稱為既往病史（Past medical history，簡稱 PMH）。既往病史因應每個病人的確實情況，可長可短，短的可以是寥寥數字，長的或會佔據病歷表的一兩頁紙。

　　如果病人過往一直健康，從沒患過任何較嚴重的疾病，醫生會在病歷表上如此記錄：

**PMH: GPH.**

GPH 乃 good past health 的英文縮寫，代表病人健康良好。

大部分上了年紀的病人，都同時患有糖尿病（Diabetes mellitus）、高血壓（Hypertension），以及俗稱膽固醇過高的高脂血症（Hyperlipidemia）等慢性疾病，下面那個既往病史因而十分常見。那三個密碼就是和上述那些疾病相對應的英文縮寫。

**PMH: DM, HT, HL.**

　　如果病人曾罹患過癌症，醫療紀錄上既往病史的篇幅，就一定不會短到哪裏去。對於癌症這種致命疾病，既往病史中必定注明癌症的細胞類型和有否擴散到身體其他地方、接受過何種手術和手術的日期、是否完成了化療、有否接受諸如免疫治療或標靶治療等資料。所以單就既往病史，就可能佔據了醫療紀錄的最初一兩頁版面。

　　既往病史的重要性至少體現在四方面。首先，既往病史的資料可讓醫生迅速了解一個陌生人的整體健康狀況，而且會形成對病者康復進度的合理期望。基礎疾病越多的病人，就越容易患上其他疾病。與此同時，即使患上同一種疾病，也較健康良好的人士需要更長時間康復。患上某些晚期絕症的病人，甚至無法從一些如肺炎等普通的疾病中復原，死亡的風險極高。

　　其次，擁有某些既定病史的病人，在一些特定疾病的發病率上會比正常人高很多。以罹患糖尿病的病人為例，患上各類細菌

感染、中風、冠心病、心肌梗塞和慢性腎衰竭等疾病的機會，就比健康正常的人士顯著增高。一旦知道病者患有糖尿病，醫生就會將其視為上述疾病的高危人士，並會格外小心處理。

再者，病者的既往病史可能與是次求診的病因有直接關係，甚至是以往疾病的復發。知悉了既往病史，可大幅簡化診斷過程，縮短診治時間，確保診斷更為準確，治療更具針對性。例如，一名糖尿病病人突然神志不清，醫生的本能反應會在一兩秒內想到低血糖（Hypoglycemia）這種情況。擁有高血壓既往病史的人士突然昏迷不醒，醫生馬上想到的就是腦出血。一名患有癌症的病人，在沒有受傷下背部劇痛了兩三個星期，醫生瞬間就會聯想到，那可能是由於癌細胞轉移到脊椎骨引起的。以往曾經出現數次氣胸（Pneumothorax）現象的人士，數小時前突然開始胸口疼痛和氣喘，最大的可能性就是氣胸再次復發。如此這般，不一而足。

最後，患有某類特殊疾病的人士，常需服用相關的危險藥物，因而會引致一些醫學上的禁忌，迫使醫生處理時更為小心謹慎。例如，患有心房纖維性顫動（Atrial fibrillation，簡稱 AF）、深層靜脈栓塞（Deep vein thrombosis，簡稱 DVT）或接受過心瓣手術的病人，常要服用一種名為華法林（Warfarin）的抗凝血藥物。此種藥物抑制了人體正常的凝血功能，令服用者有流血不止的風險。有見及此，醫生不能為這類病人進行任何藥物的肌肉

注射，避免無法以簡單的按壓方式止血。此外，所有服用華法林的病人即使承受輕微的頭部創傷，也須接受腦部電腦掃描檢測，以防遺漏了輕微的腦出血現象。早期腦出血的病徵頗為輕微，但服用華法林的病人因難以止血，一段時間後初期輕微的出血也可帶來無法挽救的後果，所以不能不察。

了解過既往病史的意義之後，病人日後去看病，務必體諒喋喋不休地追問既往病史的醫生和護士。他們其實是為了病人的福祉而用心良苦。

# CSED 與 SD 的秘密關係

　　在未正式進入病情查詢的正題前，醫生通常會先詢問病人一些背景資料，尤其是之前從未看過的病人。這些背景資料包括病人跟誰住在一起，是獨居、跟家人或家傭一起住，還是住在老人院；日常生活活動能力（Activities of daily living，簡稱 ADL）如何，可以獨立行走、手持拐杖走路、需被攙扶走路、坐輪椅還是長期臥牀，經常外出還是長久足不出戶，生活自主還是連餵食和大小二便均需別人照料等等。自理能力完全沒有問題的，醫學上統稱為 ADL-I，乃 activities of daily living-independent 的意思。反之亦然，完全沒有自理能力的人會被冠上一個 ADL-D 的標記，意謂 activities of daily living-dependent。這些背景資料對醫生所作的臨床決定會產生一定影響。簡單來說，即使到醫院求診的原因相同，醫生相對更傾向於讓獨居和 ADL-D 的病人住院治療，原因是這些人回家後更容易發生意外，而且病情轉差時也無法及時回來覆診，因此留在病房接受觀察較為合適。

　　背景資料中有一個經常被問及的項目，我從第一天當醫生起就覺得特別神秘和有趣。它由區區四個英文字母組成，但這組

字母卻有多重變化，一眼看上去有種特務暗號般的詭秘感覺，而且資訊含量也特別豐富，所以讓我在二十多年後的今天仍深深着迷。

這個組合由固定的 S 和 D 兩個英文字母構成不變的基本部分，分別位於第二和第四個字位。變化的部分由 C、S、E、N 四個英文字母構成，位於密碼組合的第一和第三個字位。經過一番計算，不難察覺這四個字位的組合共有 16 種可能性。這 16 種不同的組合方式分別是：

**CSCD CSSD CSED CSND**
**SSCD SSSD SSED SSND**
**ESCD ESSD ESED ESND**
**NSCD NSSD NSED NSND**

從沒有學習過醫護專業的讀者，可在這裏稍作歇息，花點時間挑戰一下自己的推理能力，嘗試破解這個與健康狀況有着千絲萬縷關係的暗號。

從健康角度出發，排在這個表左上角的 CSCD 是最差的組合，也是令醫生最頭痛的一個。位於右下角的 NSND 是各種組合中最理想的一個，也是屬於我自己的個人編碼。

現在輪到急症室的福爾摩斯粉墨登場,裝模作樣表演解謎的時間。S 和 D 兩個不變的英文字母是抽煙和喝酒的代號,與 smoker 和 drinker 相互匹配,而 CSED 則是變化的主角,分別代表抽煙和喝酒習慣上的四種不同狀態。C 意指長期(Chronic), S 代表偶然(Social),E 指的是習慣已戒除(Ex),N 明顯是從 non 這個字簡化而來,含有並非的意義。

運用這套解密系統,隱藏在英文字母組合中的正確含義,瞬間就難逃法眼。例如,CSND 可被輕鬆破譯為 chronic smoker non-drinker,翻譯成中文就是長期抽煙但從不喝酒人士;ESSD 就是 ex-smoker social drinker 的暗語,意謂已戒煙卻偶然喝酒人士。

抽煙和喝酒會對健康造成不良影響,相信大部分人都絕無異議,也是醫生必須把這些資料添加進病歷的原因。首先,這幾個簡單的英文字母可以幫助醫生迅速形成對病人整體健康狀況的印象。上了年紀而又是 CSCD,整體健康狀況大多不會好到哪裏去。其次,長期吸煙者有不少健康上的風險,比非吸煙者更容易罹患高血壓、冠心病、腦中風、肺癌、口腔癌和周邊血管疾病(Peripheral vascular disease,簡稱 PVD)等慢性病,而俗稱「肺氣腫」的慢性阻塞性肺病,基本上只出現在長期吸煙者身上。至於長期喝酒則不但引致涵蓋酒精性肝炎、酒精性脂肪肝和酒精性肝硬化等多種病變在內的酒精性肝病(Alcoholic liver disease），還是急性胰臟炎（Acute pancreatitis）的兩種重要成因之一。此外，醉酒及因其導致的嚴重頭部創傷均可導致深度昏迷，醫生必須把兩者作出區分，因為後者足以致命。

正當我在撰寫這個章節的時候，一名朋友在電話通訊軟件向我告知，近期被醫生證實患上腦瘤，並抱怨指其既不抽煙也不喝酒，向來活動自如，不知因何患上這個病。我很體恤朋友的心情，只能遺憾地說，NSND 不能確保一個人長生不老，永不患上頑疾，因為有些疾病與抽煙喝酒沒有直接的關係。但相比其他人，ADL-I 已經是上天的一個祝福。

# 診斷過程的指導：C/O

　　大部分人去看醫生，都有一個特殊的原因。無論感覺到如何不舒服，或有多少不同的病徵，都未必足以令病人提起勁前往醫院或診所求診。因為出現了某種特殊的原因，才會驅使病者移動玉步，尋求醫生的協助。

　　這個特別的原因，就是病人的主訴（Chief complaint，簡寫C/O），這是醫生首先要搞清楚的問題，也是一份完整病歷表中第一項被記錄下來的病徵。這個求診原因，對後續的問診過程具有指導性的作用，並對最終的診斷和治療產生決定性的影響。

　　何謂主訴，最簡單直接的理解，就是當醫生在開始診症時，詢問病人「你甚麼地方不舒服」或「今天你為甚麼要到這裏來」時，病人或其家屬第一個説出的徵狀，例如發燒、呼吸困難、肚子痛、扭傷足踝、四肢抽搐等情況。一般來説，醫生除了要弄清楚徵狀之餘，還要了解病情存在的時間，才能針對性地開展後續的問診工作。

醫生在病歷表上寫下的主訴，通常以一個精簡的短句表達出來。以下是一些常見的主訴範例：

1. C/O: fever x 3/7.

   （主訴：發燒了三天。）

2. C/O: SOB x 1/52.

   （主訴：呼吸困難了一星期。）

3. C/O: abdominal pain on and off since this morning.

   （主訴：今天上午開始間歇性的肚痛。）

4. C/O: sprained Rt. ankle whilst at work today.

   （主訴：今天工作時在扭傷右足踝。）

5. C/O: 4 limb twitching x 3mins.

   （主訴：四肢抽搐了三分鐘。）

主訴的重要性在於，它被病人的自我意識理解為最主要的病徵，對自己構成最大的影響，或令他們感到最為擔心和憂慮。因此，醫生必須為病人找到正確的病因，並且對症下藥，從而解決生理和心理兩方面的需要。

以一個簡單句子概括出病人的求診原因，無疑是醫學先輩們在經歷了千百年的實踐後，睿智地建立起來的一個實用方法。它能迅速為醫生指明問診的正確方向，理清思路，令診斷過程更為快捷有效。而且，主訴也有助醫護人員之間的溝通。經驗豐富的醫護人員即使未曾完整地閱覽病人的資料，但只要看一下主訴，就會大致聯想到病人的情況、發病的常見原因，所需的檢測手段，以及治療方式等等。

每一種病徵背後都有眾多的病因，而病徵並不等同於病因。以咳嗽這種常見的病徵為例，咳得厲不厲害和病因嚴不嚴重完全是兩碼子的事，沒有直接的關聯。引起咳嗽的病因極多，常見的有上呼吸道感染（Upper respiratory tract infection，簡稱 URTI）、肺炎（Pneumonia）、慢性阻塞性肺病（Chronic obstructive pulmonary disease，簡稱 COPD）、哮喘（Asthma）、支氣管擴張（Bronchiectasis）、肺結核（Pulmonary tuberculosis，簡稱 pTB）和肺癌（CA lung）等等。如果病人只是患有上呼吸道感染，即使咳得很厲害也並不嚴重。相反，若病人患有肺癌，即使咳嗽頻率不高，卻是一種極嚴重的致命疾病，醫患雙方均難以承受誤診和延醫的後果。

從一個精準的主訴出發，醫生可以很快就排除掉不少病因的可能性，大幅縮窄需要思考的範圍，只要把精力集中分析餘下的可能性，逐層抽絲剝繭地篩查，就可以達至最終的診斷結果。

再以咳嗽為例，病人的主訴是咳嗽兩天、兩星期還是兩個月，對於醫生的想法會產生極大的差異。若咳嗽只有兩天，病因屬於急性疾病，主要由上呼吸道感染或哮喘等原因引起，肺結核或肺癌等情況的機會不大。醫生在詢問病歷時主要查詢上呼吸道的病徵，大部分病人無需接受肺部 X 光和電腦掃描等檢測。若咳嗽持續了兩個星期，則必須考慮肺炎這種情況，醫生詢問的問題也隨之改變，並且有充分理由為病人進行肺部 X 光或細菌培植等檢驗。若咳嗽兩個月仍未痊癒，更必須排除肺結核和肺癌等慢性疾病的可能性。除了要特別查問這兩種疾病的徵狀外，肺部 X 光、電腦掃描及其他複雜的檢測手段，也會順理成章地進入了醫生考慮之列。

　　儘管大部分清醒的病人都可以具體說出自己的主訴，但總有那麼一小部分人難以解釋清楚。他們只能籠統地說出一些不確切的症狀，卻無法準確指出顯著的病徵。遇到這種情況，醫生就須要耐心詢問身體每個系統的情況，看可不可以找到一些端倪，拼合出主訴那個簡潔的句子。

　　例如，不少病人都說得出自己已有幾個月出現疲倦、食慾不振、體重下降等症狀，卻說不出更具體的病徵。不幸的是，幾乎所有嚴重疾病都可以導致這類全身症狀（Constitutional Symptoms），所以單憑這類病徵本身很難作出正確診斷。於是，醫生便會針對身體每個系統提出一些篩選性問題，以期找出受影

響的器官或系統。如果從病人口中獲得下列各種不同的答案，成功建構起主訴的句子，再結合那些全身症狀，診斷結果也就呼之欲出了。

1. C/O: multiple joint pain x few months.
   （主訴：多個關節疼痛了數個月。）

這是風濕病（Rheumatic diseases）的典型病徵，例子包括類風濕性關節炎（Rheumatoid arthritis）和全身性紅斑狼瘡（Systemic lupus erythematosus，簡稱 SLE）。

2. C/O: polydipsia and polyuria x few months.
   （主訴：口渴及頻密排尿了幾個月。）

這是糖尿病的典型病徵。

3. C/O: frequent diarrhea for few months.
   （主訴：頻密腹瀉了幾個月。）

這是典型的大腸癌病徵。

對於醫生來説，主訴那短短的片言隻語包含了重要的玄機，是通往目的地的起點。為了自己的福祉着想，求診者在看醫生時，切記要説清楚自己的主訴，以免擾亂了醫生的判斷。

# 港大醫學院的時間之謎：
# 3/52

　　粗略估算一下，那已經是 30 多年前的塵封歷史。那是 1991 年秋天發生的事，那年我剛進入香港大學醫學院，每天都在港島南區沙宣道醫學系校園的李樹芬樓內，學習臨床期前的基礎課程。一天早上，我如常半睜着惺忪的睡眼，坐在向教壇傾斜的講堂裏上一位英國教授的心理課。

　　若硬要為那節課在我的人生套上某種意義的話，大約就是課堂中首次遇到的一個符號，就像著名物理學家霍金所寫的《時間簡史》一樣，為我打開了時間之謎的大門。

　　那名來自蘇格蘭的心理學教授，在透明膠片上以黑色油性筆寫下的教學材料之中，含有 3/52 這個沉悶的數字，被投影機冷酷地投射在白色屏幕上。在目光掃過這個小學就已認識的分數幾秒之後，我轉頭望向身旁的幾名大學同學，他們的臉上也流露着和我一樣的狐疑。風華正茂的年青人面面相覷，以手指在空中比劃了幾下，依然百思不得其解。把這個分數和上文下理連接

起來，任憑自命不凡的幾個人如何搔頭抓耳，就是猜不透箇中的含意。

下課後閒談間才發現，很多同學都不明白這個五十二分之三所指何事，彷彿和《哈利波特》小說中的九又四分三月台有着相同的吸引力，讓它不禁散發出一份無法抗拒的神秘色彩。

後來經過一番明查暗訪，才掀開了它若隱若現的面紗。只要對數字保持敏感，要解開這密碼的奧秘，遠沒有想像中的困難。一年有 52 個星期，如果以 52 作分母代表一年，那麼分子指的就是星期的數目。經過解密之後，3/52 代表的只是平平無奇的三個星期，無法讓人像哈利波特般從月台通往另一個神秘空間。

在醫學世界中運用相同的原則，原來我們熟悉的時間可以有更簡便的表達方式。一年有 12 個月，把分母設定為 12，分子指的就是月數。一星期有 7 天，把分母設定為 7，分子代表的便是日數。例如，5/12 就是五個月，而 4/7 指的只是四天而已。

從醫學院畢業當上醫生之後，才真正體會到這些時間代號的無處不在。日常醫務工作中，無論是病歷表、病人進度紀錄還是藥物處方，甚至是工作電郵或演講的幻燈片，都是以這種方式代表時間的。以下列舉幾個具代表性的例子：

*Cough x 2/12* 意指咳嗽了兩個月。

*Fever x 4/7* 就是發了燒四天的意思。

*Bisacodyl supp 1 tab PR daily x 1/52* 看起來像一串令人摸不着頭腦的神秘符號，但在專業的醫護人員眼中，它只是一條普通不過的處方。Bisacodyl supp 是一種治療便秘的肛門塞劑。這個處方的意思是每天用一次這種肛門塞劑，一共用一星期。

以後父母面對懶惰的子女，考試將近仍不改習性，可嘗試以書面方式作出訓勉，用神秘的醫學符號吸引子女注意，或可收到魔幻般的意外效果。

親愛的兒子，你一年 365/7 都把精力消磨在電腦遊戲上，父親對你的學業甚為憂慮。還有 2/12 就考試了，你想將來成為 1/52 賺一百萬的星球醫生，還是餐搵餐食餐餐清，自己好好想想吧。

免責聲明：本人對該文效用不作任何承諾，也不負任何法律責任。

# 醫生眼中的混蛋：SOB

約三十年前，在研習醫學院臨床課程的初期，當首次遇到 SOB 這個專業術語時，我真是打從心裏竊笑了出來。SOB 在我內心代表的是一句英語世界裏十分慣常的粗話。原話我不便直說，粗俗直接的叫法就是混蛋！

在醫學世界裏，SOB 代表的是 shortness of breath，以最容易通曉的中文句法表達，就是呼吸困難的意思。SOB 這三個英文字母表面看來十分簡單，甚至毫不起眼，但對深明箇中意義的醫生來說，卻包含了錯綜複雜的問題，以病徵來說算得上是最為棘手的難題，而它帶來的後果卻極端險惡，無論對病人或醫生而言都是巨大的挑戰。

對所有動物而言，呼吸是一項重要的功能。如果這項重要功能受損，就會令平常輕而易舉的呼吸變得吃力，後果可想而知十分嚴重，甚至有性命之憂，所以必須盡快治理，及早找出病因並對症下藥。但問題來了，引致呼吸困難的原因多若天上繁星，很多時候難以在短時間內找到那個唯一的真相，無法找到病因就無

法給予針對性的治療，這就是醫生要面對的艱難局面。

　　至於呼吸困難的原因，即使醫學知識最貧乏的人，恐怕都會首先聯想起呼吸系統的毛病。誠然，肺炎、支氣管炎、哮喘、肋膜積水（Pleural effusion）、氣胸、慢性阻塞性肺病、支氣管擴張症（Bronchiectasis）、肺結核、肺癌等，皆是較常見的呼吸系統疾病，病情嚴重時都會引致呼吸困難。除此之外，那些較少進入大眾視線範圍的疾病，如塵肺病（Pneumoconiosis）、囊腫性纖維化（Cystic fibrosis）、掉進氣管的異物、吸入濃煙或化學物，更是不勝枚舉，無法一一盡錄。

　　除了呼吸系統的疾病，大量循環系統的病症，常見的如冠心病、急性心肌梗塞、心肌炎（Myocarditis）、各類心肌病（Cardiomyopathy）、風濕性心臟病（Chronic rheumatic heart disease）、肺栓塞（Pulmonary embolism）、急性肺水腫（Acute pulmonary edema）等等，呼吸困難都是典型的病徵。那些從未進入普羅大眾眼簾的循環系統疾病，更是數之不盡，當心臟功能衰退到某個水平，呼吸困難就變成了殊途同歸的共同終點。

　　除了呼吸系統和循環系統外，還有不少涉及其他系統的疾病，也能導致呼吸困難的現象。例如，所有造成血液代謝性酸中毒（Metabolic acidosis）的情況，包括但不只限於各種嚴重細菌感染、腎衰竭、糖尿病酮酸中毒（Diabetic Ketoacidosis），以及

各類中毒過案，呼吸困難都是其中一個明顯的臨床表徵。

令情況更複雜的是，呼吸困難本是一種主觀感覺，有這種感覺並不代表身體真的有問題。儘管完全沒有生理問題，一些心理狀況和情緒反應仍會產生這種感覺。例如由緊張、焦慮、恐懼、憤怒以及其他情緒反應引起的換氣過度（Hyperventilation），最典型的表現方式就是呼吸困難、手腳麻痺和暈眩，驟眼看上去患者彷彿快要斷氣的樣子，實際上卻完全沒有生命危險，甚至稱不上一個嚴重的狀況。

SOB 背後的原因極其繁多，病人通常都十分不適，心情一般也極為緊張，病情普遍頗為嚴峻。醫生雖然同樣焦急，惟難以在一時三刻確定病因，而後果卻是病人生命中不能承受的重，讓不少醫生對這個病徵頗為反感。從這層意義來說，把 SOB 稱為醫生眼中的混蛋，也絕不為過。

以 SOB 作為主訴（Chief complaint）的病人在急症室裏極為常見，即使他們最初並非直接到急症室求診，其他醫療機構接獲這類病人後，很大概率也會把他們轉介往急症室處理。造成這種情況的主要原因，是由於呼吸困難在醫學上屬於真正的危急狀況，在缺乏專業人手和設備的場所，病人難以獲得妥善的救治。SOB 病人在急症室也是首要的診治對象，按指引會獲編排較高的分流等級，可以較快看得上醫生，以免病情在等候過程中急轉

直下。

　一個人是否有呼吸困難的情況，有不少客觀的徵狀佐證，極難逃過急症室醫生的法眼。呼吸出現困難的話，呼吸頻率自然會上升，以吸取更多的空氣進入肺部。正常成年人的靜止呼吸頻率，介乎每分鐘 12 至 18 次之間，若高於每分鐘 20 次，便是其中一個最客觀的指標。此外，呼吸困難的病人需要更用力地呼吸，才能獲得足夠的空氣，所以頸部和胸部的肌肉，在呼吸時收縮得極為明顯。再者，呼吸極端困難的人，口唇和皮膚會因缺氧而變成紫藍色，醫學上稱為發紺（Cyanosis）。這三個表徵，是臨床上最容易觀察得到的客觀證據。

　透過進一步的身體檢查，醫生可從病人身上獲取更多相關的臨床訊息，而傳統上作為醫生身份象徵的聽診器（Stethoscope），終於等到派上用場的最佳時機了。聽診器是檢查呼吸和循環系統的必備儀器，由於 SOB 主要與這兩個系統的問題有關，所以在檢查時必須運用到這種工具。透過對比兩邊肺部的進氣量，以及聆聽肺部和心臟發出的聲音，對造成呼吸困難的原因便有了概括性的了解。

　鑒於呼吸困難病因眾多，單憑病歷和身體檢查往往無法達致肯定的診斷，檢測化驗於是佔據了無法取代的地位。有了新冠肺炎肆虐的慘痛經歷，相信市民對脈衝式血氧濃度器（Pulse oximeter）不會陌生，它是檢測血液含氧量的重要儀器。在低海拔的平原上，血液含氧量的正常讀數在 94％ 或以上，低於這數字就是缺氧。數字愈低，代表缺氧程度愈厲害。若降至 91％ 以下，則表示到了比較嚴重的水平，對健康已構成不容忽視的危險。另外，大部分呼吸困難的病人都會接受肺部 X 光和心電圖檢測，因為這兩項均是評估呼吸和循環系統最簡單快捷的方式。其他相關檢測還包括血液化驗、各種呼吸系統分泌樣本的微生物學化驗、心臟超聲波等等，不一而足，視乎實際需要而定。

若有人提出要總結一下呼吸困難的治療方法，這要求看上去雖然簡單，但基本上是一個不可能完成的任務。呼吸困難只是一個病徵，而不是疾病本身，這個重要的概念必須認識清楚，不能混為一談。治療的目標是處理疾病的根本原因，而不是消除它的表象。試想像一下，肺結核與肺癌都能引致 SOB，但兩者的治療方式哪可能一樣？要解釋呼吸困難的治療方法，與把所有病因的治療方式敍述一次無異，那需要重頭寫過另一本呼吸系統疾病的專著，才能表達得一清二楚。

話雖如此，在治療呼吸困難的病人時，雖然病因各自不同，有些原則和方法卻是相同的。無論甚麼原因引起呼吸困難，最終的共同結果就是呼吸衰竭，導致缺氧，甚至同時引起體內的二氧化碳上升。因此，氧氣治療能紓緩缺氧的情況，讓病人暫時脫離危險。假若到了最危急的狀況，病人已無力呼吸，生命危在旦

夕，醫生便可使用各種不同類型的呼吸機，暫時取代病人的自主呼吸功能，以外部機械方式協助呼吸。這只是一種權宜之計，謀求在病人缺氧而死之前，暫時延續其生命，爭取時間找出呼吸衰竭的原因，並用盡所有方法嘗試起死回生。然而，若病情已到了無法挽回的地步，空有呼吸機也無濟於事。

　　SOB 這個醫生眼中的混蛋，古往今來皆是十分難纏的對手，窮兇極惡，冷血無情，曾奪去過不少人的性命，但隨着醫療技術的日益進步，猙獰的面目已愈來愈容易被識破，難以像以往一般為非作歹。

# 必須集齊的拼圖：AMPLE

　　2023 年 9 月 10 日，星期天，早上九點，天氣在兩天前百年一遇的暴雨後，開始慢慢地恢復過來。我家善解人意的二小姐再過幾天就生日了，她就是《急症室的福爾摩斯》第三集《醫生女兒要搗蛋》封面右下角那個穿着黃色裙子，左手高舉着拖鞋天真地傻笑的歡樂小魔怪。兩姊妹昨夜和來我家作客的同學們玩至深夜，早上還沒有起牀，她們勤勞的父親已經苦苦琢磨着下一篇文章應該先寫哪個主題。

　　過去十一年來，我從來都不是按書本目錄的先後次序，逐一撰寫每個故事的，而是根據當時的心情和靈感，隨意地跳來跳去，完全沒有章法可言。儘管作品的大綱和目錄必定在動筆前就已制訂好，但不到最後一刻我仍不能確定，會以哪一個故事為整本書劃上句號。在不足 24 小時前寫完〈港大醫學院的時間之謎：3/52〉後，這天早上我正為選取下一個故事而躊躇。

　　在漫不經心地以指尖滑動着社交媒體上的影片時，一個視頻赫然引起了我的注意。視頻剛開始的時候，一輛停在十字路口的

小轎車，在交通燈仍未轉為綠色前突然啟動，拖着緩慢的節奏慢慢朝着迎面的行車線駛過去。一名女司機從停在附近的車子走下來，一面揮舞着雙手向其他駕駛者發出警示信號，一面奮不顧身地橫越十字路口，奔向那輛失控的轎車。最初，她瘦弱的身軀猶如螳臂擋車，要以一己之力把車子煞停簡直是痴心妄想。後來，她的孤軍奮戰感動了附近的人，愈來愈多司機從自己的車上走下來，跑到轎車旁邊和女勇士並肩作戰。最終，轎車被眾人合力煞停了。一名路人用磚頭打碎了車窗，才發現司機疑似癲癇症發作，四肢抽搐，一條腿仍用力踏在油門之上。

看完視頻後，我被女勇士的俠義行為深深感動之餘，亦頓時抓到了寫作的方向。這個個案就像流星穿過夜空一般，在我腦海擦出靈感的火花，促使我把 AMPLE 病史加進新書之中。這個被監控攝像頭意外拍攝到的視頻，正好顯示了急症室醫生在處理每宗交通意外時，何以總是鍥而不捨地向各色人等追問，事發時確實發生了些甚麼事。

所謂 AMPLE 病史，是急症室醫護人員在救治創傷患者時，必定會查問的一組特殊資料之統稱。這個由 5 個大楷英文字母組成的詞語，在字面上具有「充分」的意思，而每一個字母又分別代表一個以其作開首的英文字，每個字對應一項資料。只要記得 AMPLE 這個字，就足以建立起一個「充分的病歷」。

醫學浩瀚無邊，無論醫生如何聰明博學，記憶力過人，但受人類大腦構造的制約，根本沒可能記得所有訊息。因此，醫學世界裏有很多這類 mnemonic，中文稱為助記符，藉此幫助記下那些極為重要，卻又難以被系統性地串連起來的資料。

為了避免在創傷個案中遺漏了必要的病歷紀錄，前人睿智地創作出 AMPLE 這個助記符，以開首字母把五個零碎的範疇巧妙地聯合起來，分別代表以下的意思：

| | |
|---|---|
| *Allergy* | 過敏史 |
| *Medications* | 服用的藥物 |
| *Past medical history* | 既往病史 |
| *Last meal* | 最後一次用膳時間 |
| *Event* | 事發經過 |

雖然 AMPLE 中至少四項資料，醫生在日常問診過程也會查問，但最後一次用膳時間是不常會提及的，而在創傷個案中把這五個方面集中起來查問，確保沒有遺漏，是有其原因的。在較嚴重的創傷個案中，傷者普遍已神志不清或陷入深層昏迷狀態，難以從其口中獲得資料。面對垂死的傷者，醫護人員難免因受壓而心情緊張，搶救環境自然也極其混亂，缺乏一個讓人容易記住的病歷查詢系統，就無法確保集齊所有必要的資料。

處理嚴重創傷個案時，經常要用上多種不同的藥物。如果不清楚病人的過敏史（A），搶救時用到的藥物若不幸引致嚴重過敏反應，就會令本來千鈞一髮的救治工作雪上加霜，使傷者從一個危機跌下另一個更黑暗的深淵。

　　病人平常服用的藥物（M），或會對搶救工作帶來不能迴避的影響。例如，若病人每天都服食抗凝劑的話，就會令血液難以凝結，在創傷出血的情況下，死亡風險便會劇增，而為傷者進行緊急手術，手術中的出血也難以遏止。這是一個兩難局面，對負責搶救的醫生來說是一項極嚴峻的挑戰，手術前需要注射抗凝劑的解藥，還要做好大量輸血的準備。假如手術前不知道傷者正服用抗凝劑，醫護人員面對的將會是一個災難性的結局。

　　既往病史（P）的重要性就不用多說了，只舉一個例子，若傷者有糖尿病或癲癇症的病史，參與搶救的醫生必定會想方設法弄清楚，病人在事發時有否血糖過低或癲癇症發作的情況，才導致了意外發生。

　　接受手術前，病人通常需要禁食至少六小時，以清除腸胃裏的食物殘渣，以防止因食物殘渣倒流進入氣管，繼而引起吸入性肺炎的風險。這個手術前的預防措施，是一般的常規操作，這也解釋了何以在處理較嚴重創傷個案時，需要詢問最後一次用膳時間（L）。若涉及拯救生命的緊急手術，即使離最後用膳時間不

足六小時，傷者在急症室接受初步治理後，仍會被直接送進手術室。施行手術的醫生唯有加倍小心，以防範可以預計的風險。

弄清楚受傷機制和事發經過（E），更是 AMPLE 病史中最核心的部分，有助迅速評估意外的危險程度，從而制定相應的治療方案。以創傷個案中最常見的交通意外為例，車輛是迎頭相撞、T 字形相撞還是追尾、事發時的大約車速、車輛損毀的情況、車輛有否翻滾或翻側、傷者有否曾經昏迷、傷者可否自行下車或步行、路人被撞開多遠才停下等情況，是醫生最常提出的問題。與此同時，在高速公路發生的意外、乘客從車內被彈飛出去、同車乘客有人死亡、路人曾被撞飛越過車頂或彈開很遠、傷者曾被車輛輾過或壓在車下等環境證據，往往預示着較高的死亡風險。與此同時，醫護人員還需要知道司機在撞車前有否濫用藥物或喝酒，意外發生時是否有神志不清、心臟病發和癲癇發作等跡象。畢竟，如發生了之前視頻裏的情況，醫生總不能只專注治理司機傷勢，而完全忽視了癲癇發作的處理，因為那絕對有機會構成醫療上的疏忽。

與 AMPLE 相關的資料，除了可以直接向傷者查問之外，還需要從包括同車乘客、路人、同事、警察、消防員、救護員及傷者家屬等人的口中方能收集齊全。在取得傷者的身份證明文件後，醫生也一定會在電腦上翻查病人的相關紀錄，爭取把 AMPLE 病歷強化為最充分的病歷。

# 第二章

# 發掘埋藏的寶藏

Hx  JPC  Ix

itis  C/O  GC  FBI

GCS  SOB  SD

BP/P

PO IMI IV SC LA

MSU  Mx  Dx  TGR  CT

-ectomy / -otomy / -ostomy  I&D  USG  ATP

#NOF  IO

AMPLE  PPU

ECG  GE  CXR

DAMA  P  P/E  UTI

SVT  PMH

Tds Q4H 1/52  3/52  HT

URTI  BP/P  AF

CSED

RICE

# 發掘埋藏的寶藏：P/E

　　我相信大部分人看到 PE 這兩個英文字母，首先在腦海中形成的形象就是體育。但此 P/E 不同彼 PE，我要説的 P/E 中間有「/」這個符號相隔，不可遺漏，在醫學上指的是身體檢查這個步驟，英語原句為 physical examination。

　　身體檢查是問診過程中不可或缺的一個步驟，是建構正確診斷結果的必要手段之一。我在前作寫過，醫生主要透過三種方式為病人作出診斷，依次順序為查問病歷、身體檢查和儀器檢測。這並非我自創的學説，而是寫在每本醫學教科書上的標準方法。前兩者由醫生在問診過程中親自執行，後者則依靠各種醫療儀器給出客觀的答案。

　　身體檢查一般緊接着問診的結束而開始。醫學上有一種傳統的説法，約七至八成的病症在經過詳細的問診之後，無需借助其他方式已可達致準確的診斷。餘下的兩成病症，需要額外的身體檢查和儀器檢測輔助，才能查找出真正的病因。但無論如何，醫生即使在問診後已推敲出診斷結果，也不會完全省卻身體檢查的

部分，否則若出了甚麼差錯被病人告上法庭，便有可能因疏忽而被裁定為專業失德（Professional misconduct），連醫生牌照也不保。

有別於在問診時從病人口中蒐集到相對主觀的病徵（Symptom），身體檢查的目的是從病者身上獲取較客觀的體徵（Sign）。很多時候，病人所說的病徵難以被客觀證實，例如各類痛症、暈眩、噁心、心悸、呼吸困難等情況，醫生無法確切體驗病人的感受。然而，醫生可以透過檢查獲取身體發出的信號，經思考分析後找到問題的所在，並結合病徵和體徵雙方面的資料作出診斷。

身體檢查不是隨意的，要遵循一定的原理和規則，也有一定的技術要求。即使為同一名病人做相同的身體檢查，經驗上的分野決定了醫生能否精準查找出客觀存在體徵。就如一塊黃金半埋在河床中，普通人或誤以為只是一塊破銅片，而經驗豐富的淘金者很快就察覺那是無價之寶。客觀的體徵明明白白的隱藏在病人身上，需要的是一名有經驗的醫生把它發掘出來。

概括而言，身體檢查以 4 種方式進行。首先是望診（Inspection），就是以目視觀察作為檢查的手段，與中醫學說「望聞問切」中的望，有異曲同工之妙。透過簡單的觀察，醫生已經可以說得出大量病人的健康資料，例如整體健康狀

況、有否貧血、缺氧、休克、皮膚細菌感染、濕疹、腎功能衰竭、心臟衰竭，以及肝膽胰系統是否異常等跡象。第二個方式是觸診（Palpation），是透過觸摸病人身體各部而獲取實時的反饋。這種方式可讓醫生偵查出受傷和炎症的確實位置，也可提供身體各部血液流通狀況的資訊，同時也是神經系統檢查的重要組成部分。第三是叩診（Percussion），重點是以手指對胸部和腹部進行叩擊，透過分析反響的聲音評估胸腔和腹腔內部的情況。最後是聽診（Auscultation），主要是以聽診器聆聽肺部、心臟和腹腔發出的聲響，從而評估這幾個系統的狀況。從這幾處部位接收到的聲音，可以幫助醫生直接診斷出如哮喘（Asthma）、肺炎（Pneumonia）、肺積水（Pleural effusion）、氣胸（Pneumothorax）、急性肺水腫（Acute pulmonary edema）、心瓣倒流（Valvular regurgitation）以及心房纖維性顫動（Atrial fibrillation）等諸多病因。

　　由於身體檢查是醫生作出診斷的其中一個重要方法，而能否察覺客觀存在的體徵取決於醫生的經驗，所以熟練掌握身體檢查的技巧就成為了醫學訓練中的重要環節。在不同等級的醫科專業考試中，身體檢查的準確程度也是評估受訓學員技能的重要數據。

# 鑒貌辨色的能力：GC

P/E: GC fair

如果開始寫這個章節時要為自己進行一次身體檢查的話，相信我該沒有半點猶豫，必定會以這組簡單的密碼作開場白。把 GC 這兩個英文字母解碼，正好還原成為 general condition，翻譯成中文就是整體狀態的意思。

我當了九小時的下午班，早已累得只剩下半條性命。拖着受了傷的左腿回到醫院宿舍，匆匆梳洗過後，便倚着牀頭板斜靠在牀上，動筆寫稿時，整體狀態又怎會好得到哪裏去？我給了自己「一般」的評分，已算不錯。

大部分醫生在病歷表上身體檢查那個欄目，都習慣性地首先以病人的整體狀態落墨。雖然沒有硬性規定以何種形容詞描述，但總括來説都不外乎是那四五個約定俗成的詞語，被經常用作區分狀態的好與壞：

| Good | 良好 |
| Satisfactory | 滿意 |
| Fair | 一般 |
| Suboptimal | 不太令人滿意 |
| Poor | 惡劣 |

整體狀態並沒有客觀的評核標準，很多時都是一種主觀的判斷。面對同一名病人，不同醫生之間會有不同的鑑定結果，但也不至於出現天南地北的差異，分別一般只在一兩個等級之間。一個人的整體狀態如何，主要由意識水平、對答情況、面色神態、活動能力、呼吸節奏幾方面決定。神采飛揚、對答如流、行走自如、呼吸暢順的，整體狀態自然不會太差。相反，面色蒼白、神志不清、軟弱無力、氣喘如牛的，醫生也絕不可能給予一個GC good 的評語。

以整體狀態作為身體檢查的開首，原因是顯而易見的。包括主治醫生在內的所有醫護人員，只要看到病歷紀錄上的第一句描述，就會對病情快速形成概括性的印象。整體狀態良好和滿意的病人，即使已身患頑疾，但眼前應該沒有危急的狀況，可以慢慢思考診治方案。與此相反，整體狀態惡劣的患者，病情可以惡化得很快，死亡風險就更大，治療的難度也更高，所以不容掉以輕心，需要迅速行動。

在上世紀的六、七十年代，醫學技術沒有如今先進，醫療儀器遠沒有現今精密，當時的急症室甚至仍未建立起一套完善的分流制度。哪個病人須要先看，哪個病人可以等一下，全靠經驗豐富的護士鑒貌辨色，在芸芸眾生中以整體狀態作出判斷。

事實上，一名在急症室工作多年的醫生，必定擁有與柯南道爾爵士筆下神探福爾摩斯十分相近的特質，在首次遇上一名陌生病人時，憑藉細緻的觀察和敏捷的思考，就能迅速說出患者的整體印象。這也是我在 12 年前創作這個系列的第一集時，把其命名為《急症室的福爾摩斯》並且一直沿用至今的緣故。

福爾摩斯擁有出類拔萃的鑒貌辨色能力，原因十分簡單，純粹因為他的作者柯南道爾爵士，本身也是一名醫生。

# 比足球更亮麗的名片：**GCS**

在成為醫生之前，每當眼前出現格拉斯哥這個蘇格蘭城市的名子，作為一名年少輕狂的足球迷，我唯一能夠聯想起的就只有格拉斯哥流浪這支蘇格蘭足球班霸。除此之外，我對這個城市一無所知，甚至連它的地理位置也說不出來。當了急症室醫生之後，一個源於這個城市的醫學評估方法，很快就取代了格拉斯哥流浪在我心中的地位，迅速成為這個蘇格蘭第一大都市最亮麗的名片。從環球的角度而言，這個舉世知名的評估方法，甚至比格拉斯哥流浪更為人所知，在醫學界更是無人不曉。

這張名片的英語簡寫是赫赫有名的 GCS，它是一種評估意識水平的臨床方法，無論在院前救援還是院內救治的工作中，都會被不同職系的人員頻繁地使用。在使用這個評估方法時，所有醫護人員都只會直呼其簡稱，或許不少人把它的全名都早已遺忘了。

在解釋 GCS 的確實意思之前，我先說一段約二十年前的趣事。當時我身兼本港某大學醫學院的名譽臨床助理教授，一次在

腦外科病房教導醫學生臨床技巧時，我讓眾人評核一名剛接受完腦部手術病人的 GCS 分數。

一名同學檢查完畢後，信心滿滿地嚷了起來：「0 分！」

我聽了這個回答之後，不知應該是笑還是哭才對，直把我逗得無可奈何地雙眼反白；大家看完評分標準就會明白。

GCS 是格拉斯哥昏迷指數的專業代名詞，全稱為 Glasgow Coma Scale。它是評估一個人意識水平的客觀指標，為全球醫學界所採用。它主要對反映意識狀況的三種能力進行評分，分別為睜眼、說話和活動反應，三個單項分數總和構成總體的昏迷指數。實際的評分方法如下：

1. 睜眼反應（E）

　　4 分：可以自主睜開眼睛。
　　3 分：接收到語言指令後可以睜眼。
　　2 分：受到外部疼痛刺激後可以睜眼。
　　1 分：對所有刺激均無睜眼反應。

2. 說話反應（V）

　　5 分：說話條理分明，可與人交談。
　　4 分：可以對答，但語句混亂，沒有邏輯。

3 分：只能説出無法組合成句子的單字。

2 分：只可發出毫無意義的聲音。

1 分：不能發出任何聲音。

3. 活動反應（M）

6 分：可依照語言指令做出各種動作。

5 分：受到外部疼痛刺激時，上肢能夠移往引致疼痛的刺
激源，並嘗試將其撥開。

4 分：手腳只能屈曲起來，試圖擺脱疼痛的源頭。

3 分：上肢對疼痛刺激只能作出屈曲捲縮的異常反應。

2 分：上肢對疼痛刺激只能作出僵硬伸展的異常反應。

1 分：肢體對外界刺激無法作出任何活動反應。

從以上的評分方式可見，GCS 最高為 15 分，表示被評核
的病人完全清醒，意識水平正常，而最低為 3 分，代表最深度的
昏迷。醫護人員做完一次 GCS 的評估，必須把總分和每個單項
的得分都一起記錄下來，才能清晰表達病人的確實情況，方便持
久監察病情和醫護人員之間的溝通。

當年那名醫學生所説的 0 分，在現實世界中並不存在，大概
只能反映兩種可能性。其一，他沒有努力用功，以致鬧出一個大
笑話。其二，他當時並非完全清醒，有些口齒不清，因此 GCS
只有 14 分，在説話反應方面被扣減了一分。若要把這個格拉斯

哥昏迷指數的評分在醫療紀錄上填寫下來，就會變成了下面那組摩斯密碼：

GCS 14/15（E4V4M6）

誠然，這種解釋只是我編造的一個笑話，但醫護人員因長時間工作而困倦不堪時，互相取笑大家 GCS 下跌，卻是極為普遍的事實。諷刺的是，疲倦並不意味着意識水平下降，睡着了也不等同於 GCS 變成 3 分。事實上對於有需要的病人，即使已夜闌人靜，醫護人員仍會每隔數小時便把他們喚醒，以進行 GCS 評估，看他們的意識水平有否轉變。若病人無法被喚醒的話，以手指在其胸口、額頭或手指施加疼痛的刺激，就是評估 GCS 最常用的手法。真正睡着的人會被痛楚弄醒，而病情惡化了的人，只會對痛楚呈現匹配於自身意識水平的真實反應。

在急症室及醫院的不同病房，經常會遇到神志不清或不醒人事的病人，這就是格拉斯哥昏迷指數大派用場的時刻。這個評估方法極為重要，對後續的檢測和治療具有指導性作用，可説是其中一個最常用的臨床評估方法。雖然 GCS 的評分看上去比較複雜深奧，令門外漢望而卻步，但一名受過專業訓練的醫護人員，卻可以在短短十秒之內完成評估，所以實用性十分高。

以格拉斯哥昏迷指數確定意識水平的得分，只是萬里長征的第一步。由於導致意識水平下降的原因有很多，例如醉酒、低血

糖、腦部出血、中毒等等，因而需要進行不同的檢測才能找到正確的答案，一般包括血液化驗、心電圖、腦部電腦掃描，甚至毒理化驗等等。確實需要用到哪些檢測手段，就要結合病歷和身體檢查結果，根據實際情況作出獨立判斷。

在處理創傷個案時，傷者意識水平的高低，對於救治方式也具有決定性的意義。GCS 8 分是一條分水嶺，8 分以上不必立刻在氣管插喉，8 分或以下則是極端嚴重的情況，代表腦部可能嚴重受創，或病人因失血過多已進入休克狀態，必須馬上插喉以確保氣道暢通，並以人工呼吸機協助呼吸，消除缺氧的危險。

單次的格拉斯哥昏迷指數評估固然有其作用，但在一個特定的時間段內，每隔數小時對病人進行一次評估，卻更能發揮GCS 的效用，可有效監察病人意識水平的波動情況。若 GCS 在過去數小時內持續下跌，醫生就必須作出適當的反應。

我是在 2023 年 12 月 2 日晚上 11 點當完九小時的午更後，半睜着睡眼在醫院宿舍撰寫這篇文章的。寫到這裏，我已經睏得不能再支撐下去。急速下降的 GCS 驅使我就此擱筆，否則明天起不了床的話，可能真有人進來以格拉斯哥獨特的方式把我弄醒，並在我的胸膛上留下紅紅的手指印。

# BP/P 的死亡交叉

「下一個問題是，在靜止狀態下，成年人的心跳高於一分鐘多少次，就會被界定為不正常？」

80 次 ......130 次 ......180 次 ......1000 次 ......

我拋出這條問題後，隨之而來的甚至稱不上為合理的猜測，只能算是撕破喉嚨的吆喝。我被五個小孩此起彼落的叫聲包裹在中央，在很長的一段日子裏，耳朵從沒有像當天一樣難受。

那是 2023 年 9 月中旬的一天，時間剛好走完了一整年，和小女兒的生日又重疊了起來。她自小就對迪士尼樂園着了魔，所以今天這個特別的日子，自然也得在這兒渡過。

在原野劇場大門外等候觀看萬聖節特別表演時，由於還有接近 50 分鐘才能進場，於是我和兩隻小魔怪以及同行的表弟妹們玩起了智力問答遊戲。在問過世界最高的山有多高、最深的海有多深、水壓如何計算、飛機如何飛起來等問題之後，我潛意識地回到了自己的老本行，向他們提出了一條在我眼中極為簡單的醫

學問題。我沒有懷疑過她們的努力和真誠，可換來的卻是令人啼笑皆非的答案。

「在靜止狀態下，成年人的心跳高於每分鐘 100 次，就算是不正常。」我把裝模作樣的神色掛滿在臉上，才煞有介事地解開了謎底，並指着回答 1000 次的那個表弟補充說：「在還未跳到 1000 次之前，那人該早就死了，所以心臟是沒可能一分鐘跳 1000 次的。」

血壓和心跳是維生指數中的項目，是評估健康狀況的重要參考數據。任何人到醫院或稍具規模的診所求診，在看醫生前都必定要量度心跳和血壓，住院病人更需定時接受測量，作為觀察結果的一部分被記錄下來。

在所有醫療紀錄之中，血壓和心跳是以 BP/P 這個代號表達的，分別與 blood pressure 和 pulse 三個英文字的首字母相對應。這個代號是最常見的醫學密碼之一，基本上在每一份病歷表和醫療紀錄上都可以見得到，從這個側面也反映了它在醫學中的重要性。

血壓和心跳的數值隨着年紀而改變，嬰兒呱呱落地的時候，心跳比成年人高出很多，相反血壓也低很多。當嬰兒慢慢成長，經歷十多年光陰進入成年階段，在這個漫長的過程中，心跳會逐漸減慢而血壓則持續上升。這種生理上的改變極其緩慢，在四五

個月之間基本上看不到任何差別。

　　就如體溫和呼吸頻率等其他維生指數一樣，心跳頻率並不是一個不變的常數，而是在諸多因素的相互作用下，於正常範圍內不停地波動。處於靜止狀態時，成年人心跳的正常範圍，介乎於每分鐘 60 至 100 次之間，超出了這個範圍，在醫學上就被定義為不正常。一分鐘心跳 60 次以下的，醫學名詞稱為心動過緩（Bradycardia），而高於 100 次的，就是心動過速（Tachycardia）。

　　正如上述所說，心跳頻率受諸多因素影響，運動、發燒、緊張和焦慮、貧血、甲狀腺荷爾蒙分泌過高、脫水、休克、呼吸困難、服食某些藥物，以及各類心臟病等情況，均可造成心跳頻率過快。另一方面，長期進行運動訓練、低溫症、甲狀腺荷爾蒙分泌過低、服食某些藥物，以及各類心臟傳導阻塞（Heart block）等情況，皆可導致心跳頻率過慢。當發現病人心跳頻率超出正常範圍，醫生就是依循以上方向排查原因的。

　　心跳頻率數值上的不正常，並不等於對健康有重大影響。靜止狀態下心率每分鐘 55 次或 105 次，可能完全沒有引起不適感覺，人體也沒有不良反應，只是身體發出的一個警號，提示醫生需要注意一下，排除嚴重的潛在原因而已。就如汽車的控制台亮起黃色燈號，也不一定代表汽車出現了嚴重問題，只是車子需要

檢修一下，排除機件的隱患就可以。

　　德國著名網球員碧加是我中學時期的偶像，我還記得他的靜止心率只有每分鐘 30 多次，卻拿過很多大滿貫賽事的冠軍，誰也不會說他的身體有問題。正如以上的解釋一樣，長期進行運動訓練的人，心率　般比正常人低。經過嚴苛的訓練之後，運動員的心臟被強化到每分鐘只需跳很少的次數，就有足夠的力量把血液泵到身體各部，維持不同器官的正常運作。到了比賽的時候，即使劇烈運動促使心跳頻率上升，但可能仍只是每分鐘八九十次的水平，還未超出正常的範圍。這無形中是一種內在優勢，可以減低心臟的負荷，增強選手在運動場上的表現，維持持久和高質量的競技能力。

　　講述完心跳頻率，接下來簡單的說一下血壓。血壓由兩組數字組成，數字較大的那組稱為收縮壓（Systolic blood pressure，簡稱 SBP），俗稱上壓，代表心臟收縮時的血壓；數字較低的那組是舒張壓（Diastolic blood pressure，簡稱 DBP），俗稱下壓，意指心臟舒張時的血壓。收縮壓和舒張壓所顯示的是血液循環中不同階段的血壓轉變，有着不同的臨床意義，而兩者同樣重要。

　　一個人的血壓數值正如心跳頻率一般，受諸多因素影響而隨着時間不斷波動，正常值也隨着年齡上升有所改變。由於不

同年代對血壓的正常值有着不同的界定，為免引起讀者混亂，我姑且把數字抹去。總的來說，成年人的血壓若長期維持在140/90mmHg 以下，就不會對身體造成多大影響。本書第四章對高血壓進行了詳細闡釋，故以下篇幅只針對低血壓作精簡的論述。

所謂低血壓，剔除年紀較小的組別不談，一般是指成年人的上壓數值低於 90mmHg。和心跳頻率一樣，血壓讀數過低並不等於身體出現問題，也未必對健康造成影響。年青女性的血壓一般較同齡男性低，收縮壓輕微低於 90mmHg 的女性大有人在，但仍能活動自如，沒有一絲病徵。

對於上壓低於 90mmHg 的病人，醫生最擔心的是那人是否處於休克狀態。普通人和醫生對於休克這個詞的理解，有着南轅北轍的差異。普通人一般以為頭暈和昏厥就是休克，這顯然是絕對錯誤的觀念。

休克（Shock）是一個危急的醫療狀況，若得不到快速及有效的處理，病人可在數小時內死亡。休克的醫學定義指出，由於循環系統受到損害，引發身體組織血液灌注量不足，導致各種器官出現功能異常的結果。這句話至少標示了三個關鍵詞：受損的循環系統、身體組織血液灌注量不足、器官功能異常。由此可見，休克雖然與低血壓有關，卻並不直接取決於血壓的數值，也

不等同於頭暈和昏厥，因為後兩者可由大量的其他原因造成。

　　不少讀者可能會說，讀完休克的醫學定義就如看了法律條文一樣，雖然每個字都認識，但串連在一起就讓人比未看之前更摸不着頭腦。是哪些文筆不通的大笨蛋，才會把一個定義寫成如此難以理解的模樣？若真有這種想法，我也完全可以體諒，因為我看法律條文也有相同的體會。這就解釋了何以本地最頂尖的中學生，還需要在醫學院裏埋頭苦讀六年之久，方能成為一名合格的醫生。

　　雖然讀者未必能夠完全參透那個定義的意思，但從其中一個關鍵詞入手，必然有所啟發，對休克有更深入的認識。定義裏提及，對人體器官功能造成影響，是構成休克的其中一種必要條件，也是其結果。器官指的是大腦、心臟、腎臟、皮膚等人體重要部分。這些器官的正常功能受到影響，病人必然會出現眾多典型的病徵，臨床表現包括血壓下降、心跳過速、脈搏微弱、皮膚蒼白冰冷、尿量減少、神志不清，甚至昏迷等等。醫生遇到這樣的一個病人，不難快速斷定他正處於休克狀態，生命危在旦夕。

　　確定病人處於休克狀態只是拯救生命的第一步，下一步就要找出導致休克的原因，才能對症下藥。然而，現實永遠是殘酷的，有數之不盡的原因可導致休克，醫生未必能夠在分秒之間查找出來。可幸的是，休克大致劃分為四種類型，在找到最終病因

之前，各自的處理方式都遵循相同的原理，搶救方法也極為相似。

第一種類型是循環系統中血容量過低形成的低血容量性休克（Hypovolemic shock）；第二類是因為心臟不能提供足夠血液輸出量而引致的心因性休克（Cardiogenic shock）；第三類為分佈性休克（Distributive shock），是由於血液不適當地散佈於循環系統中非必要的區域，而造成重要組織之血液供應不足；最後一類是阻塞性休克（Obstructive shock），由於循環系統內部血液流動遭受阻塞而形成。

單獨的一組 BP/P 數值，對於醫生來說用處頗為有限，而在一段時間內持續進行監察，就會獲得病人血壓和心跳的變化趨勢。把多組血壓和心跳數值在測量表上畫下記號，以線條逐一連接起來，得出的圖形有助醫護人員更準確地評估狀況。因為這個原因，住院病人每天都需要定時接受 BP/P 監測，病情越危險，量度的次數就越頻密。

我清楚記得，廿多年前我剛成為實習醫生後不久，一個星期六清晨在聽取發病率和死亡率週報的時候，一名顧問醫生詢問作出匯報的醫生，為何事發當天察覺不到病人情況正急劇惡化。他指出病人的血壓在幾小時內持續下降，而心跳頻率相反卻持續上升，正好形成了一個死亡交叉，何以那麼明顯的危險信號都沒人理會？

他的話如當頭棒喝，使我頓時茅塞頓開。成年人的正常心率在一分鐘 100 次以下，是個兩位數字，而上壓一般在 90mmHg 以上，通常是三位數字。隨着時間的發展，如果心跳頻率由兩位數字逐漸上升為三位數字，而上壓由三位數字下降為兩位數字，這兩項數據在測量表上的曲線便會在某個時間點重疊，然後逐漸擴大距離，形成一個顯眼的「X」型交叉圖案，代表病人已進入休克狀態，死亡迫在眉睫。

　　這個 X 型死亡交叉，我在醫學院時從未學過，但從那天起就一直深深地烙在我的腦海，至今仍不敢忘記。

# 日本公司的迷思：JPC

年輕的時候，我曾經是個狂熱的足球迷，從小學五年級開始，每逢週六賽馬日必定觀看亞洲電視轉播的英國甲組聯賽錄像，並從六年級起就成為了愛華頓足球俱樂部的忠實擁躉。那一年，愛華頓和曼聯攜手殺進足總盃決賽，可惜最終鎩羽而歸，以0比1敗於曼聯悍將韋西迪的一記遠射腳下，與冠軍失諸交臂。當年亞視的球賽宣傳短片，誤將馮京作馬涼，把俗稱拖肥糖的愛華頓說成藍海鷗，一句「藍海鷗愛華頓大戰紅魔鬼曼聯」，被記憶力好的球迷一直揶揄至今。

愛華頓球會的黃金年代，正好也是日本國力最鼎盛的時期。當時不少著名英國球會都由日本跨國公司贊助，球衣的正前方皆印有日本公司的英文簡寫字樣。在一段頗長的時間內，愛華頓傳統的藍白色球衣上，時刻展示着三個經典的 NEC 大楷英文字母，是「日本電氣股份有限公司」（Nippon Electric Company）的簡寫，標誌着愛華頓最令球迷緬懷的歲月。與此同時，另一支英格蘭古老球隊阿仙奴的球衣上，則印有 JVC 三個醒目的大字，乃「日本勝利株式會社」（Japan Victor Company）的代號，同樣

令人印象深刻，難以忘懷。這些球衣在不經不覺流逝的歲月中，早就昇華成球迷心底對八、九十年代英國足球的集體回憶，如時代印記般永遠烙於腦海之內。

時光荏苒，到了九十年代的第三、四個年頭，我開始要到醫院的病房學習臨床技巧。那時翻開住院病人的病歷紀錄，在身體檢查欄目開頭的那幾行，必定看到以 JPC 三個英文字母為代表的檢查結果，而最理想的狀況便是：

J- P- C-

當這三個英文字母映入眼簾的時候，每每讓我發出會心微笑。由於它們和 NEC 和 JVC 的形態頗為相似，而且 JP 也容易令人聯想到日本，所以我經常調侃這些暗號理應解作日本公司（Japan Company）。然而，在醫學專業領域上，這三個字母分別代表黃疸（Jaundice）、蒼白（Pallor）以及發紺（Cyanosis）。根據醫學的傳統，大部分醫生為病人檢查身體時，都會慣性地首先檢查這三個項目，也會把結果寫在身體檢查欄目的起始部分。

Jaundice 和 Pallor 這兩個徵象，可透過觀察病人的眼睛而被察覺。Jaundice 是指眼白由白色變成黃色，代表肝膽胰系統出現問題，也可以是溶血性貧血（Hemolytic anemia）的跡象。如果黃疸十分嚴重的話，不單可從眼白觀察得到，就連身體的皮

膚都明顯變為黃色。Pallor 是透過翻開下眼瞼觀察的。下眼瞼內側因佈滿微絲血管，正常情況下是呈現血紅色的。如果病人有貧血的情況，那抹血紅就會被一片蒼白取代。假若貧血已到了極其嚴重的地步，那根本就不需檢查下眼瞼，整個臉色都會變得十分蒼白。最後，Cyanosis 指的是嘴唇、臉色和身體各部的皮膚變得紫紫藍藍，代表身體出現缺氧現象。缺氧程度愈嚴重，顏色就變得愈紫藍。

把這三項歸納起來，在身體檢查的開始階段一併進行，是有其原因的。一者，這三項檢查做起來比較容易，無需多大的技巧，不費時也不費力，結果也容易觀察。二者，這三項檢查結果，能反映病人的整體狀況，讓醫生快速形成一個初步的印象，幾秒間就能大致了解病人有否肝膽胰疾病，有否貧血或缺氧的情況。性價比這麼高的檢查，叫醫生何樂而不為。

雖然這三個徵象能給予醫生重要的資料，卻不能告知引致病患的正確原因。故此，若三者之一出現不正常的結果，醫生仍需要綜合病歷和其他身體檢查結果，繼而採取相應的檢測手段，才能最終尋獲致病的元兇。

浮生若夢，距離當年以醫學生身份在病房裏學習檢查的技巧，一轉眼的工夫就差不多三十年了。愛華頓球衣上的 NEC 廣告，早就如球會的崢嶸歲月般煙消雲散，兵工廠球衣胸前的

JVC，也唏噓地告別了最鋒芒耀眼的舞台。唯有 JPC 這三個英文字母，時至今日仍頻繁地出現在我筆下的病歷表上，絲毫沒有褪色，直至我退休的那一天為止。

# 探索腹腔的秘技：TGR

不少人心裏都有同一個問題，醫生為病人檢查肚子的時候，只用手左按一下，右按一下，真的就可以檢查出甚麼來嗎？醫生沒有看穿肚子的透視眼，那又如何知道檢查結果是正確的呢？

這個問題的答案，並非三言兩語就能說得清楚，以前每當遇到求知慾旺盛的朋友查問，我都會建議他們翻看某份報章對我的專題訪問。在那個訪問裏，我詳細解釋了醫生檢查腹部的方法，只要仔細閱讀一次，讀者或可就此按圖索驥，在決定是否需要看醫生前，依樣畫葫蘆為腹痛的家人預診一次。只可惜那間報社後來出了問題，幾年前在鎂光燈下結束了營業，網上再也找不到相關的內容，我唯有把訪問的重點重複一遍。

Abdomen soft, not distended,
L- S- K-, T- G- R-,
no mass palpable, BS +ve, PR normal.

以上是病歷表中，一份正常腹部檢查結果的典型描述。醫生在記錄病人的腹部徵象時，通常都會大量使用英語簡寫，以節省

書寫時間。在一連串宛如摩斯密碼的英文字母中，L 代表肝臟（Liver），S 代表脾臟（Spleen），K 代表腎臟（Kidney），T 代表按壓痛（Tenderness），G 代表腹壁僵硬（Guarding），R 代表反彈壓痛（Rebound tenderness），BS 代表腸蠕音（Bowel sound），PR 是 Per rectal examination 的英文縮寫，代表肛門指診或探肛檢查的意思。另外，符號「-」表示沒有或不存在的意思，而無需多說的是，有或存在的情況則以「+」代替。

這段腹部檢查結果的大意是：
腹部柔軟，沒有腹脹，
觸摸不到肝臟、脾臟和腎臟，沒有按壓痛、腹壁僵硬或反彈壓痛徵象，
沒有觸摸得到的腫塊，腸蠕音正常，肛門指診結果正常。

這是一個以最精簡的語言，鉅細無遺地包含所有腹部檢查狀況的評語。換句話說，腹部檢查基本上要包括所有這些項目，只有對每項細節進行了評估，檢查才算全面和完整，不過肛門檢查比較讓人尷尬，所以在非必要時常被省卻了而已。

在那篇採訪裏，我對腹部檢查的方法和技巧作了全面的介紹。從表面觀察，腹部是指肋骨以下、盤骨以上的那片區域，前方由肚皮的皮膚和肌肉覆蓋，後方受脊骨和厚厚的背部肌肉保護。腹部在外觀上並非一個正方形或長方形，上方的中間位置

向上延伸，下方的中部也跟隨盆骨的形狀向下沉降。在醫學傳統上，腹部被兩直兩橫的四條虛線分為九格，各自有其名稱，例如上方中間向上凸起的那塊被稱作 epigastrium，上腹部的意思。如果病人報稱這個部位疼痛，醫生便會以 epigastric pain 這字眼記錄下來，用作形容上腹痛。為了方便，醫生經常把九格的四個角落，分別喚作 RUQ、LUQ、RLQ、LLQ，而非直呼其正式名稱。當中 L 和 R 分別代表左和右，U 和 L 指的是上和下，Q 是 Quadrant 的簡寫，可以理解為部分的意思。透過一番解密的工作，就不難把 RUQ 破譯為右上腹，如此類推。

掌握了這些基本的知識，就可以開始檢查腹部了。正確來說，病人是必須躺在床上接受檢查的。唯有這樣，肚皮的肌肉才能完全放鬆，檢查出來的徵象才準確可靠，不至於影響了判斷。醫生首先要觀察腹部表面的情況，接着用手掌順序按壓九個部分，然後借助聽診器聆聽腸臟蠕動時發出的聲音，最後以手指作探肛檢查，根據蒐集得到的客觀證據，就能作出相應的判斷，指導之後的檢測和治療。

正常的肚皮是柔軟的，若變得繃緊僵硬，難以被手掌按下去，腹腔內必然出了嚴重的問題，例如器官撕裂、穿孔、出血或腹膜炎的情況。腹部若然鼓脹起來，也是不正常的現象。腹脹的原因，可由五個以字母 F 開首的英文字總結，分別是空氣（Flatus）、胎兒（Fetus）、大便（Faeces）、腹水（Fluid），以及

脂肪（Fat）。空氣、嬰兒和腹水比較容易區分，而其餘二者可能同時存在，甚至與其他原因混合在一起，唯一值得慶幸的是，兩者並非嚴重的問題。

　　把腹部劃分為九格的主要目的，是由於每個區域內的器官相對固定，能讓醫生根據位置判斷出有問題的器官。例如，上腹部下面是胃部和腹主動脈；右上腹（RUQ）是由肝臟、膽囊和膽管等器官組成的肝膽胰系統屯駐的位置，乃腹腔其中一塊最神秘又最重要的領域；LUQ 相對沒有那麼重要，下面最主要的只是胃部；RLQ 或許是醫生最警覺的區域，因為俗稱盲腸的闌尾就佔據在這裏；對於 RLQ 和 LLQ 疼痛的女性而言，一定要排除卵巢和輸卵管等婦科問題；九格的正下方叫恥骨上方（Suprapubic）區域，把膀胱和女性的子宮納入其中；左右兩邊是腎臟和大腸的位置，左面還有脾臟；正中央的地區主要是小腸和腹主動脈的領地。正常來説，這些腹腔內的器官都是不能被觸及的，如果在檢查中被觸摸得到，則表示這些器官不正常地擴大了，需要進一步的檢測化驗以確定原因。

　　真正需要臨床技術和經驗的，是如何感知和理解病人對按壓的反應。醫生通過對腹部的觸診，主要是希望從病人的反應中獲取 TGR 方面的訊息。

　　按壓痛（T）是三者中最簡單的步驟，只要用手掌依次在腹部不同位置按下去，從病人的表情和反饋，便可知悉有否疼痛的感

覺。在按壓過程中，也可同時感受肚皮是否繃緊僵硬（G）。檢查反彈壓痛（R）時需要多一些技巧，先以手指按下腹部某處，然後急速移開手指讓肚皮反彈，看是否出現疼痛的現象。R+ 是指病人不但在手指移開的那一刻感受到痛楚，而且疼痛的程度比按壓痛更甚。反彈壓痛是比按壓痛更值得重視的徵象，表示肚子內一定有嚴重問題。普通的按壓痛，在如腸胃炎等簡單的疾病中也會顯現，但反彈壓痛只會在如闌尾炎、腹膜炎等炎症，或器官穿孔、破裂時呈現，意味着有生命之虞，很大概率需要動用手術方式治療。總括而言，腹部檢查若呈現 TGR 中的兩項或以上，就會被診斷為急性腹症（Acute abdomen），雖然臨床上未必能馬上確定為何種疾病，卻可肯定是嚴重的病症，需要緊急處理。

把聽診器附在肚皮上聆聽腸蠕音，是腹部檢查一個不可或缺的部分。正常的腸臟蠕動聲音是斷斷續續的，如果變得持續、響亮或激烈，就代表腸道蠕動的增強，最可能由腸胃炎和腸堵塞（Intestinal obstruction）引起。相反，如果腸蠕音完全消失了，就反映腸臟蠕動的減低，常見原因是腹膜炎、麻痺性腸阻塞（Paralytic ileus），或服食某些藥物的後果。

探肛檢查雖然尷尬，卻是檢查腸道出血最基本的臨床技術。探肛後若手套黏有鮮紅色的血，出血的源頭一般在大腸或肛門，若是深黑色像瀝青一樣的血（Melena），則暗示出血部分在更高的胃部或小腸。除了腸道出血之外，肛門指診還可發現前列腺肥

大、前列腺癌及直腸癌（Ca rectum）等情況。

　　儘管醫生沒有看穿肚皮的法眼，但憑藉上述那些秘技，就能持續不斷地探索腹腔內那個隱蔽的洞穴。綜合所有檢查項目的結果及徵象出現的位置，醫生就能作出初步判斷，分辨出病情是否嚴重，有否即時生命危險，需否作更進一步的檢測化驗，還是已經掌握足夠證據定立最終診斷。透過對腹部檢查方法的反思，我彷如重溫了古代探險家的路徑，深信所有成功的探險者都是這樣煉成的。

　　本篇完結之前，我虛構一個滿肚徵象的腹部檢查報告。病人報稱上腹疼痛了兩天，然後痛楚逐漸轉往右下腹，程度愈來愈嚴重之餘，求診當天更出現發燒情況。在揭開謎底之前，讀者可先測試一下自己的眼光，看能否猜出正確的病因。

*Abdomen tense & slightly distended,*
*L- S- K-, Diffuse T+ G+ & T+, max T & R at RLQ,*
*no mass palpable, BS -ve, PR not done.*

　　這是典型的急性闌尾炎（Acute appendicitis）檢查結果，而且闌尾很大概率已經穿孔，並引致了腹膜炎。這名病人不需任何X光或電腦掃描，都能被經驗豐富的急症室醫生準確診斷為急性腹症，須要在短時間內接受緊急手術。

# 6 個神秘的大楷字母 P

「鍾醫生，我剛看完一個病人，想徵詢你一下該怎樣處理。」

來了只有兩個多月的新醫生文質彬彬，謙遜有禮，而且醫學知識也甚為豐富，是多年來調派到我們部門工作的新醫生之中，最受好評的一位。

在我寫下這個故事的七八天前，他誠惶誠恐地走到我跟前，滿面狐疑地提出了上面那條問題。

「他的一條腿不能活動，而且又冷又痛，我估計是 ......」他以溫和的語氣繼續他的故事。

「Acute limb ischemia！」我是個急性子的人，未讓他把整句話說完，我就急不及待地打斷了他的匯報。

在他那句只說了一半的話裏透露出來的信息，已經向我提供了足夠破解謎團的資料。

「是的，我也是這樣認為。」他誠懇地點了點頭。

我和他快步走到病人身旁，他掀起覆蓋着雙腿的毛毯，病人的右腿霎時間呈現在眼前。那條腿像初冬裏挪威的森林般雪白。

「你快些召喚當值的血管外科醫生，這病人需要接受緊急手術！」看了那全無血色的右腿一眼，我確定了自己的診斷，隨即果斷地發出了指令。

我心裏盤算着，可以救回這條腿的時間，也許只剩下幾小時了，所以容不下半點遲疑。

Acute limb ischemia 是一個十分危急的病症，屬於血管外科（Vascular surgery）的範疇，中文的醫學專業術語譯作「急性肢體缺血」。

廿多年前我還是一名醫學生，當首次在教科書上讀到這個病症時，便立刻被一種迷一般的魔力深深吸引，至今仍無法自拔。這個病症彷如隱藏在魔法世界裏的一個黑暗咒語，讓人一旦患上這個病，就如墮進邪惡巫師設下的陷阱，不論如何掙扎也無法逃脫。然而，懂得這個魔咒的醫生卻像哈利波特和他的小夥伴們一樣，能夠運用知識和仁愛的力量，同心合力戰勝黑暗魔法，化解危機。

隱藏在急性肢體缺血中的魔咒，就連在醫學教科書上也是用6個神秘的大楷字母 P 來形容。只要在手機的搜索引擎打下 *6Ps in Acute limb ischemia* 這句話，就能找到醫學界的先驅們百多年前破解的秘密。

這 6 個 P 完整湊合出急性肢體缺血全部 6 個典型病徵，分別代表 6 個以 P 開首的英文字：

| | |
|---|---|
| 疼痛 | *Pain* |
| 麻痺無力 | *Paralysis* |
| 麻木 | *Paraesthesia* |
| 蒼白 | *Pallor* |
| 冰冷 | *Perishing cold* |
| 脈博消失 | *Pulselessness* |

在醫學院求學的年代，因為有太多東西要記住，所以當看到這個 6P 助記符後，便馬上愛不釋手，省卻了大腦中很多記憶單位。這 6 個 P 字也確實完美地達成了它的使命，使我緊緊記住了這個病的所有特徵。這麼多年來，只要檢查出當中的兩三個 P，我就會本能地在腦海中湧現這個病的診斷結果。

急性肢體缺血是指流經手臂或大腿的主要動脈突然遭到阻塞，導致下游位置的血液供應完全中斷。遭阻塞的血管若未能在 6 至 12 小時內被重新打通，恢復對下游區域的血液供應，肢體中的肌肉和神經就會因缺氧而受到永久性損傷，導致終身殘廢、截肢，甚至死亡。

急性肢體缺血主要由血栓（Thrombosis）和栓塞（Embolism）兩種情況引起，統稱為血栓栓塞（Thromboembolism），以前者居多。血栓通常由「周邊動脈阻塞疾病」（Peripheral vascular disease，簡稱 PVD）導致，主要影響上肢和下肢的動脈血管，並以對後者的影響較為常見。動脈內壁因長年累月積聚膽固醇而形成粥樣硬塊，使血管通道變得狹窄，以致血液流量減少，最終引起血液凝固而產生血栓，堵塞血管。此病症的高危因素包括男性、老年、肥胖、吸煙，以及高血壓、糖尿病和高脂血症（Hyperlipidemia）等慢性疾病。周邊動脈阻塞疾病的患者在血管阻塞情況惡化至急性肢體缺血前，受影響的肢體都會長期顯現冰冷、疼痛、肌肉萎縮、體毛脫落等慢性的缺血跡象，迫使病人不得不主動求診。動脈栓塞則主要由於血液在心臟內部凝固，形成栓子（Embolus），而心房纖維顫動（Atrial fibrillation，簡稱AF）是形成栓子的最主要原因。栓子隨血液離開心臟後在動脈內移動，一旦卡在肢體中通道較狹窄的動脈，就會造成阻塞。由栓子引起的急性肢體缺血通常不會在事發前顯現慢性缺血跡象，這是血栓和栓塞兩者在臨床上最顯著的差異。

病如其名，急性肢體缺血是一種急性危疾，病徵來得非常突然，而且在兩三小時內急劇惡化。病人通常是因為一隻手或一條腿痛得厲害，並且感到麻木無力而求診的。醫生在檢查時若發現受影響的肢體冰冷蒼白，而且摸不到脈搏，就可以輕易作出診斷。

要打通受阻塞的動脈，單純以藥物治療是不可能成功的，必須接受緊急手術，把堵住血管的血栓或栓子清除，才是唯一的出路。最終能否擊敗 6P 的魔咒，就要看血管外科醫生的功力了。

我把這個故事以 6 個神秘的大楷字母 P 命名，完全是以刺激銷量為目的。我希望一些原本並非想購買醫學書籍的讀者，若偶然翻開這本書到這個故事，或許會被題目所吸引，挑起內心獨特的興趣。現在購買實體書的人數愈來愈少，希望多一個就一個。真是難為了作者。

# 第三章

# 醫生手中的檢測武器

Hx JPC Ix

itis C/O GC FBI

GCS SOB SD

BP/P

PO IMI IV SC LA

MSU Mx Dx TGR CT

-ectomy / -otomy / -ostomy I&D USG ATP

PT #NOF IO

ECG AMPLE CXR PPU

DAMA GE P/E UTI

P

SVT PMH

Tds Q4H 1/52 3/52 HT

URTI BP/P AF

CSED

RICE

# 過度使用的助手：Ix

　　本書之前的章節曾提及，正確的診斷取決於三種處理方式，按時序先後排列依次為病歷查詢、身體檢查和檢測化驗。世界的節奏變得愈來愈快，科學技術變得愈來愈先進，檢測化驗也隨之而變得愈來愈複雜，以至於包括新晉醫生在內的不少人，逐漸相信檢測化驗是正確診斷的最可靠依據。這種想法對某些情況來說是恰當的，但對大部分病症而言卻有失偏頗。歸根結底，醫生看的是病人，在問診中從病人身上獲取詳盡的病歷，才是追尋正確原因的不二法門。

　　正常來說，經過病歷查詢和身體檢查之後，約有七至八成的病症已被查出正確的病因，不需要多此一舉進行檢測化驗。畢竟，常見且輕微的病患比罕見及嚴重的多得多，醫生單憑臨床狀知識和經驗已經可以解決大部分問題。在缺乏醫療儀器的診所，實際上也不可能為大部分病人作檢測。因此，經過病歷查詢和身體檢查後，若仍未能達致可靠的結論，檢測化驗在此刻才真正派得上用場。

檢測化驗的項目種類繁多，不可能逐一細説，也沒有這個必要。概括而言，檢測化驗的類別可分為放射學方面的（Radiology），常見項目有 X 光、超聲波掃描（Ultrasonography，簡稱 USG）、電腦斷層掃描（Computed tomography，簡稱 CT）、磁力共振（Magnetic resonance imaging，簡稱 MRI）等等；生物化學方面的（Biochemistry），包括了各類血液化驗，以及如尿液、脊髓液等其他體液的檢測，主要提供當中化學物質的濃度報告；微生物學方面的（Microbiology），涵蓋了各式各樣的微生物檢測工作；組織病理學方面的（Histopathology），主要是進行活組織切片檢查，在顯微鏡下研究細胞的類型及性質；餘下的還有電生理檢查（Electrophysiology study，簡稱 EPS），包括了心電圖（Electrocardiogram，簡稱 ECG）、腦電圖（Electroencephalography，簡稱 EEG）及肌電圖（Electromyography，簡稱 EMG）等電流檢測方式。

有一些檢測做起來簡單快捷，例如心電圖、X 光、血糖和尿液測試，費用也比較低，問診和檢查完畢後可在急症室等診療設施立刻進行。這些臨床檢測可以即時提供結果，由主診醫生分析研判，繼而作出相應的臨床決定。另一些檢測則相對複雜昂貴，如電腦掃描、磁力共振及活組織切片檢查等，也需要更高的操作技術，所以需要另行預約時間進行，檢測結果由相應的部門以書面報告形式提供主診醫生作參考。

在西方某些國家，醫療服務已經變為一種產業而非社會福利或責任，電腦掃描和磁力共振等費用昂貴的檢測有利可圖，造成當今醫療檢測氾濫。醫生逐漸拋棄了以臨床技巧為病人作診斷的傳統模式，轉為過度依賴儀器和化驗。另外，防禦性醫學的盛行也導致醫生過分自我保護，結果催生了大量不必要的檢測，使檢測氾濫的現象更為惡化。醫療成本的大幅上升，無可避免地令到低下階層難以獲得適當的醫療保障。

每次診症都依賴貌似客觀的檢測化驗，是否就必定獲得比問診和身體檢查更準確的診斷結果？答案自然是否定的，當中至少有雙重的意義。

首先，一些疾病無論進行多少檢測化驗，都無法查獲真正的病因，反而詳細的病歷和身體檢查就足以捕捉到準確的答案。肋軟骨炎（Costochondritis）是最佳的例子，它是一種極常見的疾病，患者多為女性，病徵是急性的胸口刺痛。胸痛的程度通常會隨着深呼吸、咳嗽和上肢活動而有所增加，按壓胸腔時經常可以在正中央的胸骨（Sternum）兩旁鎖定痛楚的源頭。這種病症在諸如肺部 X 光、心電圖、血液化驗和心臟血管造影術等所有檢測中都會顯示正常結果。換句話説，即使做盡所有檢測，都無法確定肋軟骨炎這個診斷結果。女性罹患冠心病的機會比男性低，如若遇到一名因胸口痛求診的女性，就懷疑她患有冠心病，並建議她做上述的測試，大部分時間皆是徒勞無功的，倒不如在病歷

中查明那些典型的病徵，並花上數秒時間按一下病人的肋骨來得更實際有效。

另一方面，一些檢測會給出偶然發現的結果，但卻並非致病的原因，如果醫生誤把那些偶然發現的結果當成病因去治療，無疑是藥石亂投，終究不能解決病人的問題。例如，膽石其實極為普遍，而且很多是沒有病徵的。如果一名病人因腹痛求診，真正的病因只是簡單的胃炎，而醫生開出了一連串的檢測，結果超聲波影像偶然發現了該人有膽石。膽和胃互相毗鄰，膽石和胃炎的病徵也相約。假若醫生把膽石看成是引致腹痛的原因而施行膽囊切除手術（Cholecystectomy），那不但無濟於事，反而令病人接受了不必要的麻醉和手術。

一兩年前，一名居於東亞某國際性大都會的親戚，在電話通訊軟件中跟我說頭痛了數天。我隔着空氣查問了一個詳細的病歷，判斷頭痛的原因並不嚴重，可先試一下吃藥止痛。他因購買了醫療保險，為求安心起見便在私人醫療機構做了腦部電腦掃描，結果一切正常。那機構以他血脂過高為由，建議進一步接受磁力共振檢測。我收到這一消息後，頓時瞠目結舌，張開的嘴巴久久未能合上。我馬上制止了他，因為輕微上升的血脂，並不需要接受磁力共振，而且在這種情況下，磁力共振也不會比先前的電腦掃描給予更多額外的資料。

光陰似箭，親戚現在依然生龍活虎，頭痛也早已煙消雲散。事到如今我仍不明白，何以透過病歷就可以作出的決定，那個小島的機構竟然要求病人重複進行性質相近的檢測。

# 描繪心情的圖畫：ECG

　　如果世上有那麼一種機器，能夠描繪人類的心情，那必定是歷史上最偉大的發明，足以改變世界的走向。有了這種機器，男孩子就不用胡亂猜想心上人是否對自己心懷好感，看過機器描繪出來的圖畫，就能決定是馬上躍出戰壕衝鋒，還是及早退下火線撤退；考試不合格的學生，把機器的電線連上父母的軀體，過幾秒就能決定是留在家裏捱罵，還是回到球場繼續防守；希望公司加薪的職員，趁着老闆喝得半醉時打開機器的按鈕，就能決定是提早預訂機票獎勵自己，還是趕在酒醒之前猛揍他一頓。一想起這些如幻似真的情景，我的腦海就響起路易斯·岩士唐的經典爵士名曲《這個世界真美好》。

　　令人遺憾的是，現實世界沒有這種奇妙的機器，卻有另一種儀器和它的功能十分接近，從被發明出來的那一天起，就發揮着改變命運的神奇效果。這種儀器就是心電圖檢測機，儘管它不能偵測到人類的心情，卻要用上更多的字數才能完整表達它的意義。心情固然難測，但心臟情況竟被小小的心電圖檢測了出來，對人類的貢獻甚至比前者更為偉大。

Electrocardiography 是心電圖的全稱，簡稱為 ECG。若把心電圖稱為歷史上其中一項最偉大、最具影響力的醫學發明，相信沒有多少醫生持反對意見。由於它的運作十分便捷，所以應用極為廣泛，存在於醫院和大型診所的每一個角落，滲透診療工作的方方面面，為診斷和監測提供了大量重要資料。毫不誇張地說，相對於超聲波、X 光、電腦掃描、磁力共振等耳熟能詳的診斷儀器，心電圖絕對是醫療機構裝備得最多的那種儀器，在數目上一騎絕塵。

對於急症室醫生而言，每天的工作總離不開心電圖的協助。在無聲無息流淌的時光之中，心電圖早已不經不覺成為了我們最得力的助手。由於要頻繁地用上心電圖，為了節省時間，我們只管把它喚作 ECG，以致日子久了，甚至把它的全稱也忘得一乾二淨。為了撰寫這個章節，我想了很久才勉強記起 Electrocardiography 這個英文字，內心不禁升起一絲對老朋友的歉疚。

Electrocardiography 源自希臘文，由三個單詞串連而成。我從未學習過希臘文，但醫學中的專有名詞很多都源自希臘文或拉丁文，正所謂熟讀唐詩三百首，不會吟詩也會偷，由於接觸多了，故只要瞄上一眼就能明白這字的意思。開首的 *Electro* 和電生理活動有關，*cardio* 直指心臟，最後的 *graph* 則代表圖形。把三個單字組合起來，自然而然就成了心電圖。

心臟的起搏以及收縮擴張，全部由心臟內部產生的電流支配和控制。捕捉到這些電流，就能顯示心臟的生理狀況。ECG 通過黏貼在胸膛皮膚上的電極，能夠偵測到心臟透過胸腔組織傳導出來的電流，並把這些反映心臟電生理活動狀況的資料，以線條形式記錄下來形成圖形，很早之前就成為了一種檢測心臟疾病的診斷技術。

*ECG: Normal SR, HR 68/min, no acute ST changes, no LVH.*

以上這段迷一般的暗語，對於醫療專業以外的人來說，恐怕除了 68 那個數目字之外，其他的都會看得一籌莫展。這是一段我平時最常寫下的心電圖評語，表示心電流活動沒有任何異常，幸運地獲得這段總結的病人，一般都能平平安安地離開醫院。這是以簡單術語表達正常結果的其中一個方式，它如是說：

*心電圖：正常的竇性心跳，心跳頻率每分鐘 68 次，沒有急性的 ST 段轉變，沒有左心室肥厚（Left ventricular hypertrophy）。*

提到如何分析心電圖，讓我想起廿多年前求學時期讀過的一本書，書名叫 *ECG Made Easy*，是本輕鬆分析心電圖的入門書籍。那本書詳細解釋了解讀心電圖的原則和方法，羅列了各種心

臟疾病的典型圖形特徵。經過多年的學以致用，我才得以把書中理論融會貫通，終可在臨床工作上得心應手。

我曾想過把這本書中的分析原理，抽取精華後節錄出來，但稍經推敲就放棄了這個念頭。那本書的作者用了整整一本書的厚度，才能說完他的話，而我要用上幾年的時間才能領略箇中奧妙，那我怎可能在一個短短的章節中達到同樣的效果。這個打算即使想一想都令人氣餒，還是算了吧。真想了解如何解讀心電圖的話，我建議還是閱讀原著為佳。

心電圖上最簡單的單元，從一個 P 波起始，跟着是一個 QRS 複合波，然後由一個 T 波作結。這三個波和它們之間的連接段落，構成了心電圖最基本的形態。一個單元結束後，緊接着是另一個單元的重臨，每個單元反映一個心臟擴張和收縮的循環，周而復始。P 波的存在，代表了正常起搏的竇性心跳。透過觀察正常的 P 波是否存在、波與波之間的連接段落有否縮短或延長、波的闊度和高度有否異常、波的形態有否改變、每個單元之間是否存在正常規律等情況，就能從心電圖圖形中破譯出心臟出現的問題。潛藏在無數線條交織出來的圖形之下，是各類心律不整、心臟傳導阻斷、冠心病、急性心肌梗塞、心包膜炎、心臟填塞（Cardiac tamponade）、心肌病變等等的心臟疾病。不單如此，心電圖還可以反映心臟疾病之外的情況，例如各類電解質失衡，甚至不少中毒病症都可以在心電圖上顯示出典型的特徵。

由此可見，心電圖在急症部門的用途廣闊，而且在危重病症的診斷和監察上，能夠發揮無可替代的作用。

　　儘管心電圖不能繪製出人類的心情，但它每天不眠不休地素描着無數病人的心臟情況，勾勒出一幅幅精妙絕倫的畫卷，為急症室的福爾摩斯解答了很多難題，讓我心情時刻保持輕鬆舒暢。從這個角度而言，ECG 除了精於描繪心情的圖畫，更是一部烘焙美好心情的機器。

# 穿透胸膛的視線：CXR

*CXR: Chest clear, heart size normal.*

以上的那段評語，可說是我在急症室寫得最頻繁的一項報告，每天最少得寫上十餘遍。它是對正常肺部 X 光片最簡約的描述，大意如下：

*肺部 X 光：肺部清晰，心臟尺寸正常。*

將兩者稍作對比，不難察覺 CXR 就是 chest X-ray 的英語簡寫。以此作進一步推測，應能輕易推敲出 CXR 在急症室裏是十分常用的檢測手段。

所謂 X 光，正確的名稱應為 X 射線，説得淺白一點就是一種具放射性的電磁波，波長範圍在 0.01 納米到 10 納米之間。這種射線在十九世紀被發現之後，很快就被應用於醫學領域之上，成為最早期的醫學成像診斷技術。

X光之所以能夠在醫學上被應用為成像技術，主要由於不同密度的材料對X光的吸收程度有着顯著的差異，因而在X光照射過程中產生不同程度的影像對比。當X光穿透人體之後，某些部位的細胞組織會吸收更多的射線，而另一些部位的吸收卻較少，甚至完全不被吸收，經處理後生成不同形狀及光暗的影像。基於這種物理學的特性，X光就如一束穿透人體的視線，在百多年前就演變成一種臨床檢測方法，幫助醫生透視神秘的人體內部，藉此對疾病和傷患作出診斷。

X光在醫學專科的分類上，屬於放射科（Radiology）的範疇，X光儀器都設在醫院放射科的區域，除了那些嚴重到不能移動的病人，可在自己的病床上接受便攜式X光儀器檢測外，大部分要拍攝X光的病人，都會被帶到醫院的放射科去。

根據實際的需要，幾乎所有人體部位都可以接受X光檢測，最常見的部位包括胸腔、腹部、頭骨、脊椎、盤骨以及四肢的骨骼。X光對骨頭的檢測效果特別好，能夠很好地呈現出骨折的情況，所以在各類創傷中尤為重要。除此之外，X光的圖像比較好地分辨出空氣及不正常地積聚的液體，所以另一個最常以X光進行檢測的器官就是肺部。

從肺部X光的圖片上，醫生可以較具信心地查找出許多呼吸系統的疾病，包括肺炎、氣胸（Pneumothorax）、胸腔積液

（Pleural effusion）、肺結核（Pulmonary tuberculosis）、肺癌（Ca lung），及俗稱肺氣腫的慢性阻塞性肺病等等。除了呼吸系統的疾病，X 光也能輔助診斷一部分循環系統的疾病，包括慢性心臟衰竭、急性肺水腫、主動脈剝離（Aortic dissection）等危險性高的病症。再者，很多其他零碎的病患也可以透過 CXR 被檢測出來，包括但並不只限於從上消化道攝入的異物、肋骨折斷、橫膈裂孔疝氣（Hiatus hernia），以及消化性潰瘍穿孔（Perforated peptic ulcer）等等。

急症室是處理危急病症的地方，而呼吸和循環系統出了毛病，短時間內就足以令人置身危險之中。因此，上一段所提及的病症在急症室裏極之常見，構成了求診病人很大的一部分。正因為這個原因，肺部 X 光的使用率也相應地十分高，基本上每一名聲稱呼吸困難、胸口不舒服，或咳嗽了一段頗長時間的病人，都會被安排進行這項檢測，以排除每一種可能性，避免遺漏了重要的病因。然而，有病徵並不等於病情嚴重，這就解釋了何以很多結果都是正常的。

X 光不但在臨床檢測上有廣泛的用途，而且程序簡單快捷，價格便宜，諸多優點使其成為當代醫學診斷不可或缺的部分。然而，它的缺點也是顯而易見的。首先，由 X 光生成的圖像最清晰的是骨頭，其他的器官和組織卻沒有相同的清晰度，削弱了這種技術在診斷學上的可靠性。儘管 X 光在很多醫療機構均被列為

第一線的檢測手段，但即使它檢查出不正常的地方，惟往往難以確定最終的診斷，仍需要借助其他更準確可靠的檢測手段，方能一錘定音。因此，X光在很大程度上只是篩選性的工具，而非決定性的診斷方法。

第二方面，X射線具有游離輻射的性質，對人體健康具有潛在危險。長期頻密地接受X光，有可能導致各類癌症。這個風險讓我在工作中，經常被病人或家屬問及同一條問題：拍攝肺部X光會否危害健康？

我慣常的回答是：因為有需要而偶爾拍攝一兩張X光，對身體絕對無害。我們身處的大自然中也有極低劑量的環境輻射。乘坐一次洲際航班所汲取的輻射量，已遠高於拍攝一兩張X光片的攝取量。真正需要擔心的人，反而是在放射科每天為病人拍攝X光的那些工作人員。

病人接受檢測後，放射科醫生都會詳細審視X光片上的線索，根據分析結果以書面報告列舉可能的診斷，供相關醫生作參考之用。由於放射科醫生撰寫書面報告需時，檢測和報告之間無可避免地存在時間差，而且隨着公立醫院人手短缺的情況日趨嚴重，完成報告的時間可能長達數星期之久。這種狀況顯然並不理想。

幸好，從 X 光黑與白的光影中尋找蛛絲馬跡，是急症室醫生日常工作的　部分。X 光拍攝程序完成後，急症室醫生可以立即對圖像進行解讀，並作出相應的處理。待放射科醫生提交正式報告後，急症部門便對雙方的結論作出對比，確保沒有出現遺漏，需要時可作出補救。

　　有了這種反覆核查的機制，急症室的福爾摩斯就能更信任那股穿透胸膛的視線，為病人解構隱藏在身體之內的惡魔。

# 無形的手術刀：CT

　　CT 是這個章節要講述的主題，相信也是整本書裏最為大眾熟悉的一個醫學密碼。即使從未親身做過這項檢測，這兩個英文字母想必也曾在大部分人口中吐過出來。但如果更進一步，要求大眾説出 CT 的英文全寫究竟是甚麼，它是一種甚麼樣的技術，在醫學上有甚麼用途，恐怕沒有多少人能準確説出答案。

　　我嘗試以先易後難的原則逐步解開這種檢測的神秘面紗。CT 的英文全稱是 Computed Tomography，中文譯作電腦斷層掃描，電腦掃描則是更為人所知的坊間稱謂。這是一種醫學造影技術，屬於影像診斷學中的一項檢查。電腦斷層掃描儀利用從四方八面發射出來的 X 光射線，環繞掃描病人的目標器官，然後運用電腦數位技術把資料進行疊加處理，進而生成掃描區域的橫截面（斷層）圖像，再後重組出二維及三維影像，藉此觀察人體內部器官的細節及變化。由電腦合成的連串斷層圖像，就如一系列虛擬切片，讓醫生無需動手術剖開身體，就能用眼睛看到目標區域被切成一塊塊的連續影像。

CT 在當今的醫學診斷上有廣泛的應用，相對於普通的 X 光和超聲波檢測，擁有無法比擬的優越性，因此構成了現代醫學診斷的重要組成部分。由電腦數位技術產生的影像，內容更為清晰和豐富，令診斷更為直接、準確和可靠。

　　電腦掃描檢查一般應用於頭、頸、胸、腹和盆腔等部位，這個人體軀幹區域內部的結構性病變，透過圖像大多都可以被診斷出來，因而成為了中風、各類腫瘤、心肺血管疾病、嚴重創傷以及骨折等狀況的首選診斷工具。

　　在普通的電腦掃描檢測基礎上，研究人員還開發出了電腦斷層血管攝影術（CT angiography，簡稱 CTA）。進行電腦掃描前，在靜脈血管注射造影劑，合成後的圖像便可顯示檢查區域內動脈和靜脈的情況，檢測出血管通道有否變窄、血管內部有否栓塞、血管壁有否撕裂或破損、血液有否從血管外溢等狀況。以前標準的冠心病檢測方式，需要動用具入侵性的「心導管及冠狀動脈造影檢查」，病人要冒上一定的手術風險。現在有了心血管電腦掃描檢查（CT coronary angiogram），就安全得多了，因而在冠心病的診斷上得到了快速的普及。

　　談了那麼多電腦掃描的優點，為了客觀持平，也必須提及它的一些缺點。首先，CT 被界定為一種中度至高度輻射的診斷技術，視乎檢測區域而定，病人進行一次該種檢測所吸收的輻射劑

量，比拍攝一張 X 光片高出數十至百多倍。偶然為之沒有多大問題，但若經常接受不必要的電腦掃描檢查，健康風險是存在的。其二，CTA 的顯影劑可能導致腎功能受損，也有機會引致敏感反應，所以在進行該種檢查之前，醫生都會查問清楚病歷，把這兩種風險對病人的潛在影響盡可能降低。最後就是價錢。一次電腦掃描的價錢一般都要數千港元，比 X 光和超聲波檢查高出數十倍。是否真正需要這項檢查，還是有另外一些檢測可作替代，要由醫生和病人經商討後決定。

本港急症室裏最常用上的電腦掃描檢測，是無需注射顯影劑的腦部電腦掃描（CT brain）。急症室每天都有不少頭部受創的傷者求診，並非每名傷者都需要接受例行性的電腦掃描，只有那些經篩選後被視為危險性較高，或表面上已有腦部損傷的病人，才會被安排進行該種既昂貴、且有一定輻射風險的檢測。醫生需要在好處和壞處之間作出平衡，而電腦掃描的影像，可以清晰地呈現頭骨骨折和腦部出血的情況。此外，所有疑似中風病人均須接受 CT brain 檢查，才一同把腦部電腦掃描推上無法挑戰的榜首位置。

每當我隔着玻璃窗站在控制室的電腦跟前，遙望平躺着的病人被送進那巨大的環形電腦掃描儀洞口時，腦海都會浮現出科幻電影中，宇航員躺在太空船內睡眠的情節。那樣子看起來真的很酷。當檢查開始後，藏在洞口裏的儀器隨即快速旋轉起來，發出

低沉的金屬磨擦聲。我彷彿看到一把無形的手術刀，隔着空氣把軀體切成一片又一片。

# 醫生手中的反潛武器：USG

　　所有認識我較深的朋友和讀者，都知道本人是個軍事迷，對世界各地的武器裝備、軍事活動、戰爭歷史及以戰鬥為題材的電影，都深感興趣，並且趨之若鶩。這種興趣是自七八歲左右，從開始看電影和漫畫時萌生起來的，並隨着知識和文化程度的增長而逐年加深。到了就讀大學醫學院的年代，或許由於缺乏其他課餘活動，對軍事刊物和電影的沉迷，更是到了無以復加、不能自拔的地步。

　　若干年前，當我在某套荷里活戰爭片中首次看到潛艇上的官兵，以聲納探測器捕捉敵方高速航行的潛艇時，那種獨特的水下探測技術馬上就吸引了我的眼球，也霎時繃緊了我的神經。我方的潛艇先發出一個響亮的聲波，該聲波在水下傳遞了一段距離之後觸及敵方潛艇表面，產生的回聲循原路折返我方潛艇，並被聲納裝置捕獲。依靠這個聲波一來一回所需的時間以及回聲的來源，經過一輪複雜的運算後，聲納探測儀就能測量出敵方潛艇的位置和距離。己方連續發出的聲波，甚至能探測出敵艦前進的方向和速度。掌握了這些重要的訊息，待我方潛艇鎖定目標之後，

就能伺機發射魚雷，把敵方的大黑魚轟成碎片，使艇上數十名官兵的軀體長埋幽暗的深淵。

在我當上急症室醫生後，工作中經常需要使用到超聲波儀器為病人作臨床檢測，如此這般地過了好一段日子，才在某天驀然醒覺，我其實和一名潛艇上的聲納操作員沒有多大分別，竟糊里糊塗地當上了艦艇上的官兵也渾然不知。

影片裏展示的潛艇主動聲納系統的原理，是利用聲波在水下的傳播和反射特性，通過電聲轉換和資訊處理，完成水下測量距離及探測動態的電子裝置。我看着握在手中的超聲波探測器，才赫然發覺兩者的原理基本上是一致的，唯一的分別只是完全聽不見潛艇發出聲波時那種吵耳的聲響。

超聲波在英語裏是 ultrasound，簡稱 USG，字面上有超越聲音的意思。人類的耳朵只能感應一個範圍之內的聲波頻率，超出這個範圍以上的震動頻率，在物理學上被稱為超聲波。醫學用的超聲波探測器，能夠發出比聲納儀器更高頻的聲波，足以穿透皮膚、脂肪及肌肉等軟組織，在觸碰到體內器官後產生回波，依原路返回並由探測器再度接收。因此，這種技術可被用作實時掃描體內的器官，在熒光幕上呈現出器官的形狀結構和動態變化，從而幫助醫生作出診斷和治療。

與 X 光及 CT 相比，超聲波擁有三項明顯的優點。首先，超聲波絕無任何放射性，安全性高，不會對健康構成風險。其次是它的實時性，在螢光幕上看到的圖像是實時的，毋需經過沖洗膠片或數位成像的步驟。這不但節約時間和成本，更可以進行實時的觀察和測量，消除檢測和診斷之間的時間差。應用在心血管領域時，超聲波能實時測出血液流動速度，從而診斷出循環系統裏的各種狀況。最後是超聲波儀器價格便宜，運作成本低，讓更多病人能負擔這項檢測的收費。基於這三項優點，超聲波檢測器已逐漸成為醫院與診所必備的診斷儀器。

　　雖然有諸多優點，超聲波也有自身的局限和缺點。超聲波生成的圖像不如 X 光及 CT 圖像般清晰，而且超聲波不能穿透骨頭，無法看到被骨頭遮擋的部分區域，另外對肺、胃、腸臟等含氣體組織的分析度也不高，因此不能完全取代 X 光和 CT 的角色。

　　USG 在臨床上最廣泛的應用，主要集中在胸腔、腹腔和盆腔內部器官的掃描檢查。急性心肌梗塞、心包膜積水、風濕性心臟病、膽結石、膽囊炎、肝癌、膽管閉塞、腹主動脈瘤、腎臟積水、子宮肌瘤、宮外孕等病變，基本上都是由超聲波首先診斷出來的。超聲波在妊娠期間也有較多應用，因為電離輻射有引致畸胎的風險，所以醫生基本上不會對孕婦採用 X 光和 CT 等檢測手段。由於超聲波無創和無放射性的特點，自然就成為了檢測胎兒發育情況的最佳選擇。

那麼多年過去了，每當手持超聲波探測器時，仍偶爾讓我產生身處潛艇之內的聯想，提醒我時刻要像聲納兵一樣專心一意，緊盯着熒光屏上圖像的變化。我雖然是個軍事迷，但同時也是個醫生。軍事迷並不代表嗜血，醫生也絕不可能喜歡殺戮。事實上，我是個和平主義者，十分厭惡戰爭，但各種和軍事有關的知識是客觀的存在，誰人也無法否定。我只是對知識有興趣，而非提倡憑藉強大的軍事力量巧取豪奪，令生靈塗炭。

《孫子兵法》開首直言：兵者，國之大事，死生之地，存亡之道，不可不察也。真理只存在於大砲的射程之內，落後就要捱打，這對中國人而言感受至深，歷史給足了我們這個民族最深刻的教訓。我醉心於軍事知識的汲取，可能在潛意識裏不願再目睹這個國家像以往一般窩囊，任誰在沿海地區架起幾尊大砲，就能迫使它割地賠款。

今天唯一值得慶幸的是，醫生手中有了超聲波儀器保障病人健康，而我們的國家也擁有了充足的能力保衛自己。

# 俗世中的清泉：MSU

> RBC ++++　　WBC +++
>
> Alb +　　　　Glu -

當看到以上那個臨床尿液化驗結果，即使仍未了解病人的詳細病歷，大部分經驗豐富的急症室醫生都可根據那些耀眼的 + 號，就此作出尿道炎（UTI）的論斷。尿道炎這個病症在急症室裏極之常見，因此這個尿液化驗結果我幾乎每天都看到兩三遍。

RBC 是紅血球 red blood cell 的簡寫，而 WBC 則不難意會為白血球 white blood cell 的暗號。正常的尿液是無菌的，故不應存在白血球。白血球是對抗細菌病毒的免疫細胞，它的出現暗示了泌尿系統內存在細菌，並由此引發炎症反應。紅血球代表的是泌尿系統裏的出血現象，原因有很多，包括腎結石、尿道結石、膀胱結石、腎小球發炎、腎盂腎炎、尿道炎、腎細胞癌、膀胱癌、前列腺癌、前列腺肥大等各類疾病，甚至一些與泌尿系統完全無關的疾病，也可以導致紅血球在尿液中出現。但 4 個 + 的 RBC 和 3 個 + 的白血球同時出現，再加上少量的白蛋

白（Albumen），那這個綜合結果就無疑讓尿道炎成為了頭號嫌疑犯。

雖然這個典型的臨床尿液化驗結果，是診斷尿道炎堅實的客觀佐證，但若病人在提供尿液樣本時出現錯漏，那所有的證據都有機會付諸流水。若有進行臨床尿液化驗的需要，醫護人員按規定都會要求病人提供 MSU。MSU 的英語全寫是 midstream urine，以中國人的思維去理解，就是中段尿液的意思。

所謂中段尿液，就是在採集尿液樣本時，把最初和最末部分的尿液捨棄，只把中段部分的尿液排進容器作儲存。採集中段尿液的原因，是要盡可能減少樣本被手部和尿道口附近皮膚上的細菌污染，避免報告結果受到影響。在留取中段尿液時，病人可以把一次的排尿時間分為三等分，先排掉前面三分一的尿液，再以容器盛載中間三分一的尿液，便大功告成，毫不困難。

如果單看尿液中紅血球、白血球、白蛋白和葡萄糖的存在與多寡，是否以 MSU 採樣，結果其實分別不大。但主治醫生除了看這些之外，還要把樣本送到微生物實驗室進行細菌培養，那結果可就差之毫釐，謬以千里了。細菌培養測試能夠準確顯示尿液中存在何種細菌，而且還能測試出何種抗生素能有效消滅該細菌，因而對尿道炎的治療有重要的指導性作用。

前文提及，正常來說尿液本是無菌的，尿液中自然地存在細菌就是尿道炎。然而，如果採集得來的尿液並非中段尿液，皮膚上的細菌有機會污染了尿液樣本，並在細菌培養測試中被培養出來。病人本來是沒有尿道炎的，但受污染的尿液樣本卻呈現出尿道炎的客觀證據，便會擾亂了醫生的判斷，甚至誘使醫生給予錯誤的治療。這就是採集尿液樣本時必須以 MSU 為準的因由。

　　MSU 臨床尿液測試可說是急症室裏最常見的其中一個檢測，每天或許都要做上過百次。這種測試可在數分鐘內檢測出尿液中是否存在兩種血球和其他物質，但細菌培養測試卻需時數天才能給出答案。因此，醫生一般都綜合病人的病徵和尿液的初步結果，決定病人是否患有尿道炎並先給予常用的抗生素。待三四天後有了準確的細菌培養數據，才決定是否需要為病人轉換更具針對性的抗生素療程。

　　雖然臨床尿液化驗的結果能為醫生提供不少有用資料，但除了尿道炎外，鮮有其他泌尿科疾病能單憑該種結果，就能被準確診斷出來。相反，若尿液中完全沒有紅血球、白血球、白蛋白和葡萄糖，就能大致排除泌尿系統疾病的可能性，而這個尿液樣本不啻是俗世中的一股清泉。

# 新生命起點的見證：PT

　　世上有那麼一種便宜的檢測方法，方便得可以在市面的藥房自行購買，使用方法也極其簡單，只需短短數分鐘就能給出結果。雖然不是甚麼複雜先進的醫療設備，它卻在我眼中具有其他檢測無法超越的神聖意義，因為它是新生命起點的見證。幾乎所有女性都是通過它，才首次獲悉人生道路已迎來重要的改變，身份也增添了另一重角色，由某人的伴侶進化為一個小生命的母親，肩上的責任由那一刻起沉重了起來。

　　我進行了刻意設計的鋪排，添加了耐人尋味的描述，目的是要烘托出這個測試的偉大和重要，堆砌出一個亮麗登場的舞台背景。鎂光燈下的是成年女士們眾所周知的驗孕棒，它負責的工作在醫學上稱為懷孕測試，英語叫 pregnancy test，醫學中人一般都只喚作 PT。

　　懷孕測試最少有兩種方式，分別透過血液或尿液中的 hCG 值來確定妊娠狀況。hCG 是「人絨毛膜促性腺激素」（Human chorionic gonadotropin），簡寫自然而然地抽取了各字的首字

母，還要把第一個字母規定為小楷，才變成了那個古怪的樣子。hCG 由胎盤的細胞分泌，所以在血液或尿液中若檢測到 hCG，就暗示了胎盤的存在，繼而成為了懷孕的化學證據。

在臨床上，以尿液進行測試比血液簡單快捷得多，化驗所需時間相差數十倍，也省卻了抽血帶來的痛楚和恐懼。因此，即使在專業的醫療機構，面對並不複雜的情況，懷孕測試通常都採用驗孕棒以臨床方式進行，測試結果由醫生護士自行解讀。驗孕棒上若顯示兩條橫線，就是陽性結果，醫護人員會在病歷紀錄上寫下 *PT +ve*，代表該名女士已懷上身孕。

儘管驗孕棒比血液化驗具有很多優點，但也不能完全忽視其局限性。驗孕棒是一種定性（Qualitative）測試，只能給出「是」或「否」的結果，也就是「陽性」或「陰性」結果，無法量度準確的 hCG 數值。相反，血液化驗是個定量（Quantitative）測試，直接給出血液中的 hCG 濃度，因此可以在一個時間段內追蹤其走勢變化，能讓醫生對懷孕正常與否作出評估。在一些如葡萄胎（Molar pregnancy）等複雜的婦產科狀況之中，血液檢測能為醫生提供更詳盡和準確的參考數據。

急症室醫生經常在工作中用上驗孕棒，為病人進行快速的懷孕測試，主要有兩個方面的用途。第一，自然就是要證實一名女性是否懷孕。不少最後一次經期（Last menstrual period，簡

稱 LMP）已超過一個月之久的女士，需要做了懷孕測試才能證實是否懷孕，方可作後續的處理和轉介。另外，一些生育年齡內的女性若突然劇烈腹痛和休克，被送到急症室後可能已無法提供準確的病歷，醫生會常規性地為其進行懷孕測試，以確定她們是否懷孕。一名懷孕的女性突然腹痛和休克，很大機會罹患了宮外孕（Ectopic pregnancy）。這是一個十分危險的婦產科狀況，若得不到及時處理，死亡風險極高。第二個目的並非是要證實，反而是要排除懷孕的可能性。在進行諸如 X 光和電腦掃描等具有輻射風險的檢測前，醫護人員需要為未能清楚說出最後一次經期的女性做 PT。若測試結果屬陰性，她們可以正常地接受檢測。若結果是陽性，醫生便需要考慮是否真的要把孕婦置於輻射的風險之中，還是以其他檢測方法作為替代。懷孕早期的胎兒對 X 光和電腦掃描的射線很敏感，有機會導致畸胎的出現，甚或因而需要進行終止懷孕手術，這可是一個嚴重的醫療事故，所以醫生不能不對生育年齡內的女性小心謹慎。

　　說來也奇怪，驗孕棒已有數十年的歷史，並非甚麼新鮮事物，但現在仍不時有女性到醫院診所要求驗孕。與其在醫療機構等上數小時，倒不如在外面的藥房購買一支驗孕棒進行自我測試。經歷了新冠病毒肆虐，我相信沒有任何人仍不懂得如何解讀驗孕棒的測試結果。

# 第四章

# 病歷表上的終極答案

JPC
Hx
UTI Ix
GC
itis C/O
TBI
GCS SOB SD
BP/P
PO IMI IV SC LA
MSU Dx TGR CT
Mx USG ATP
-ectomy / -otomy / -ostomy I&D
#NOF IO
AMPLE
ECG CXR
DAMA GE PPU
SVT P P/E
PMH
Tds Q4H 1/52 3/52 HT
URTI BP/P AF
CSED
RICE

# 病歷表上的終極答案：Dx

　　Dx 這個簡寫，在整份病歷表中佔據着至高無上的地位，時刻散發着充滿誘惑的吸引力。由這兩個英文字母承載的內容，隱含了多重醫學意義，當中包括病人求診的目的、病徵產生的原因、醫生分析的結論、問診工作的成果、治療方向的指南等等。從一個不帶任何主觀情感的角度而言，這兩個一大一小的字母，擁有決定求診病人命運的能力，從醫生落筆勾勒出答案的那一刻起，或多或少已經改寫了整個人生的走向。

　　把 Dx 擴展開來，就變成了 diagnosis 這個英文字，還原成我們熟悉的中文，就是診斷的意思。若將其寫成診斷結果的話，或許讓人更容易理解。

　　診斷的重要性不言而喻，病人求診的其中一個目的，必定是為了知道自己確實患上甚麼病，而醫生努力為病人問診和作檢測，也和病人的想法一致。中國有一句成語謂對症下藥，很好地體現了民間的智慧。如果連病人所患何病也搞不清楚，治療就無從談起。盲目地治療，就變成了另一句藥石亂投的成語。這些古

往今來的智慧，淺白地說明了診斷對於治療的重要。

在一份正常的病歷表裏，診斷通常出現在既往病史、主訴、現病歷、身體檢查和檢測化驗這些欄目之後，因為缺少了這些相關的資料，醫生就難以作出準確診斷。換句話說，診斷是建基於上述那些資訊的。簡單常見的疾病未必需要動用到檢測化驗，但對於複雜、罕見或徵狀模糊的病情，所有資料便一個也不能少。

不少時候，特別是那些危急複雜的病症，醫生在首次接觸病人時是難以達致正確診斷的，這在急症室裏尤為常見。例如，一名健康良好的兩歲半小童，已經發燒、咳嗽、流鼻涕了兩三天，父母說前一晚出現呼吸困難的情況，但醫生檢查時兩邊肺部都正常，也沒有呼吸窘迫的臨床表現。由於大部分市民沒有接受過專業的醫學訓練，所以提供的訊息未必準確。父母認為小童呼吸困難，在醫生眼中可能並非如此，但也不能排除小童在求診前曾出現這種情況。在這個病例中，小童表面上只是患有上呼吸道感染，但仍有機會是由病毒引起的急性支氣管炎（Acute bronchiolitis），甚至是首次的哮喘發作（Asthmatic attach），未能無可爭議地確立病因。

要處理這種情況，醫生也有常規的應對辦法，可以在病歷表上如此表述：

*Dx: Upper respiratory tract infection*

*DDx: Acute bronchiolitis, asthmatic attack*

這裏 DDx 是醫學專有名詞 differential diagnosis 的簡寫，中文翻譯為鑑別診斷。設置鑑別診斷的原因，是由於不少病症的表現方式十分相似，在最初的診症過程難以作出準確區分。把最可能的病因寫作診斷，將不能完全排除的病症依次列為鑑別診斷，就能確保醫生不致於把目光收得太窄，對其他可能性的存在保持警惕。假若最初的治療效果不太理想，醫生就需要重新審視其它可能性，分析是否需要調整治療方法。透過持續的觀察和評估，儘管第一時間未必能作出正確診斷，最終的結果通常都會在稍後浮出水面。

還有一種情況，由於病徵沒有具體的指向性，病因的可能性太多，以致首次問診過後，根本連 Dx 和 DDx 也無法清楚列出下。例如，一名患有糖尿病、高血壓、冠心病、高脂血症等多種基礎疾病的老人，過去幾星期出現體弱無力、食慾不振、體重驟降的情況，除此之外沒有其他明顯病徵。根據這些僅有的資料，任誰也無法說得出準確的致病原因，甚至連做完所有檢測化驗後，仍不能作出準確診斷。

香港的人口老化問題日趨嚴重，上述情況並不罕見。雖然診斷一欄的內容懸空，但解決的方法至少還有兩種。一是在

建立最終診斷前，在病歷表上只寫下醫生對病人的初步印象（Impression），或需要特別排除的可能性，用以指引下一步檢測和治療的方向。例如：

*Imp: Frailty*（衰弱症）
或
*Imp: to rule out malignancy*（要排除惡性腫瘤）

假若病人在出院時仍未找到確實答案，但迫不得已要在出院紀錄填寫診斷結果的話，可把與病情相關的疾病都一併填寫。以上述病症為例，可作下列表述：

*Dx:*
*DM*（糖尿病）
*HT*（高血壓）
*IHD*（冠心病）
*Hyperlipidemia*（高脂血症）

廿多年前，我才當上急症室醫生不多久。一天，我看了一名二十多歲的年輕男子，他的左膝無緣無故疼痛腫脹了兩個多月，唯多次求診均被指為肌肉瘦痛，接受治療後病徵仍沒有絲毫減退。我為他拍了 X 光，熒光幕上的圖像頓時嚇了我一大跳，那是放射學上骨癌典型的特徵。我向病人表白的時候，他們一家人瞬間展現出來的強烈情緒反應，至今仍歷歷在目。

由於腦海不時重現病人絕望的眼神，我經常告誡自己，醫生不只是一份工作，更多的是一份責任和使命。為了不想再看到另一雙絕望的眼睛，我願意為尋找正確的終極目標，無怨無悔地努力奮鬥。

# 最熟悉的敵人：URTI

M/26

PMH: GPH, NSSD.

C/O: fever on & off x 2/7

HPI:

RN & ST +.

C+ with scanty whitish sputum.

Mild headache, no myalgia.

Appetite slightly decreased.

Mild weakness.

No SOB.

P/E:

GC good, GCS 15/15.

Afebrile, BP/P normal.

No cervical LNs palpable.

Throat normal.

Chest clear, AE L=R, no respiratory distress.

Dx: URTI

以上一個虛擬的病史，是我按照工作經驗杜撰出來的。雖然我在急症室工作，看的本該是危急的病症，無奈的是，這種由最輕微疾病構成的典型病史，卻是我在病歷表上最常寫下的一種。這個病歷在歐美國家的急症室是絕無僅有的，卻並不意味外國沒有這種病，只是由於教育、常識和國民質素等原因，當地的人民絕少為了如斯小病到急症室求診。這從側面反映了不正確使用急症室的情況，在香港有多嚴重。由於大量非緊急病人堵在本地的急症室，這也解釋了何以該類病人常要等上十小時之久，才看得上醫生。

　　我把這個簡單的病歷解密，讓大家更了解箇中隱藏的奧秘。

男 /26 歲

既往病史：健康良好，不抽煙、偶然喝酒。

主訴：斷斷續續發燒了兩天

現病史：

鼻水和喉嚨痛 ＋

咳嗽 ＋ 及帶有少量的白痰。

輕微頭痛，沒有肌肉痠痛。

胃口輕微下降。

輕微的疲倦。

沒有呼吸困難。

身體檢查：

整體狀態良好，格拉斯哥昏迷指數 15/15。

沒有發燒，血壓心跳正常。

沒有被觸摸得到的頸部淋巴結。

喉嚨正常。

肺音清晰，進氣量左右相等，沒有呼吸窘迫跡象。

診斷：上呼吸道感染

所謂上呼吸道，指的是呼吸系統（Respiratory system）中由喉嚨至氣管（Trachea）所組成的部分。上呼吸道感染（Upper respiratory tract infection，簡稱 URTI），指的是發生在這個部分的微生物感染。我沒有用上細菌感染這個表述，是因為感染主要由兩類型的微生物（Microorganism）引起，一是病毒（Virus），二是細菌（Bacteria），而上呼吸道感染一般是病毒性感染（Viral infection）。

上呼吸道感染的典型病徵，全都列在上述的兩個虛擬病歷之內。英語版中有很多醫生常用的密碼，只要和中文版的內容互相對比，就可體會箇中趣味。讀者應該不難察覺，那些驟眼看上去讓人摸不著頭腦的密碼，都是直接以英語的首字母為代表的。例如，C 代表咳嗽的意思，由英文字 cough 簡約而成。如此這般，GC 代表的是 general condition，GCS 代表 Glasgow coma scale，AE 是 air entry，LN 是 lymph node 的意思，RN 就更為簡單，略懂英語的人都應該可以猜到是 runny nose。

URTI 可說是最簡單的疾病，也是最常見的一種。讀者只要回想一下，自己一生之中患得最多的疾病，必然瞬間恍然大悟。URTI 之所以普遍，是因為人體的呼吸系統雖然看似深埋體內，其實和皮膚一樣直接通過空氣與外部環境接觸。皮膚是免疫系統中第一重抵擋外敵侵襲的防禦機制，防止微生物進入體內。然而，上呼吸道雖然像皮膚那樣也是人體的第一道防線，但表層只由濕潤的黏膜構成，缺乏皮膚的硬度和厚度，所以更容易被外來的微生物擊破。呼吸系統溫暖濕潤的表層黏膜，比皮膚更容易被微生物依附，也是絕佳的繁殖介質，於是比身體其他系統更常受到感染。

　　心思細密的讀者可能有所疑慮，醫生是如何只透過病歷就分辨出上呼吸道和下呼吸道感染呢？概括來說，下呼吸道感染影響的是支氣管及肺部，病徵除了上述那些，而且咳嗽也比較厲害之外，更典型的病徵是咳出深褐色、綠色或黃色的濃痰，還有呼吸困難、極端疲倦或血氧含量下降等更為嚴重的現象。此外，病人極少一開始就患上下呼吸道感染，所以在時間上也會給予我們一些線索。因此，醫生不會在發燒和咳嗽的第一兩天就考慮病人患上肺炎。

　　上呼吸道感染由眾多不同的病毒引起，不經檢測化驗無法確定哪一種才是元兇，但醫生通常都不會為病人作檢測，無謂浪費金錢。背後的原因是不論由何種病毒引起，URTI 都只不過是一

種自限性（Self-limiting）疾病，換句話說就是隨着時間過去自行痊癒。當然，有些人會質疑，甲乙型流感也是導致上呼吸道感染的常見病毒，而流感偶然也會造成嚴重的併發症，甚至死亡，那真的不用檢測嗎？

正確來說，醫生不會例行性地作檢測，只會為一些病情嚴重的人士進行。如果本身健康良好，即使患上流感，大部分人均會自行痊癒，出現嚴重併發症的機會很低。在公立醫院，抗流感藥物只會處方給上了年紀或本身患有基礎疾病的高危人士服用。此類藥物一般比較昂貴，而且也有不同的副作用，醫生必須平衡好處和壞處，才作出處方的決定。醫學上有「需治人數」（Number needed to treat，簡稱 NNT）的概念，臨床上代表要避免某件事情發生所需治療的人數。如果不加篩選地給所有感冒病人處方抗流感藥物，那麼為了預防一宗嚴重併發症或死亡事件，就需要很多本來沒有危險的人服用藥物，數字上可能超過 5000 人。這顯然並不是善用資源的合理方式，亦會增加出現嚴重藥物副作用的風險。假若只為擁有高危因素、患有基礎疾病，而且病情較嚴重的人進行檢測，並處方該類藥物，NNT 的數字就會大幅下降，可視為更為適當的做法。

所有疾病的康復都必然涉及一個過程，而過程需要時間支持，並不是今天出現病徵，明天就會痊癒的。概括而言，上呼吸道感染的病徵一般持續一星期左右，斷斷續續發燒三四天是完全

正常的事。我在診症時經常遇到焦急的家長，由於小孩發燒未退，在一兩天內看兩三次醫生，這是完全不必要的。醫生自己的孩子患上上呼吸道感染，也沒有神奇的方法或藥物，可令孩子馬上退燒或止咳。不妨直說，世上根本不存在這類神醫。我家小孩在我寫下這個章節當天，正好患上上呼吸道感染，因發燒被學校建議提早回家。我家碰巧沒有存放退燒藥，小孩回來後我也只是這樣對她說：

這一兩天不要進行課外活動，功課可以暫緩一下，盡量多休息，多喝水，過兩三天就會好起來。

這段話也適合所有患上上呼吸道感染的病人。

上文提及，上呼吸道感染是一種由病毒引起的自限性疾病，所以抗生素（Antibiotic）完全不起作用，我也絕少為上呼吸道感染患者處方抗生素。抗生素只可以消滅細菌，對病毒卻無能為力。在上呼吸道感染時吃抗生素，是濫用抗生素的最典型範例，沒有好處之餘，更可能導致抗藥性的出現，最終得不償失，因此絕對不應提倡。

另一個我常被問及的問題是，既然上呼吸道感染是自限性疾病，是否代表不藥而癒？我的回答經常只有一個字：是。只要思想一下，在唐宋元明清的年代，古人也會患上上呼吸道感染，

但他們根本沒有機會接觸現代西方藥物，難道不是也會自行痊癒嗎？不然的話，難道他們都因這種小病而死亡？答案自然是否定的。有人會說，當年的人可以吃中藥。歷史常識告訴我，當年有很多窮人是吃不起中藥的，但也不會因此而死。二來既然吃中藥會好，吃西藥也會好，那麼是否存在第三個可能，不吃藥也會好呢？答案當然是可以的。以我白己為例，從小到大，普通傷風感冒我都是不會去看醫生吃藥的。以前家境貧困，根本拿不起這筆醫藥費，而我一直可以自行康復，所以在考上醫學院之前，我早已參透了這個簡明的道理。

在現實生活中，我是會為這類病人開藥的，因為怎樣也不可能讓等待了數小時的病人空手而回。那些退燒藥、止咳藥、收鼻水藥雖然不是治好疾病的原因，但總可以在康復之前紓緩一下病徵，讓病人感到舒服一些，也能給予心理上的安慰，何樂而不為。

# 自行痊癒的
# 「痾、嘔、肚痛」：GE

　　剛要開始訴說這個代號的起源時，腦海中突然飄過一絲記憶，使我的思緒朦朦朧朧般穿越時光隧道，回到八年前創作《急症室的福爾摩斯》第二集《守護生命的故事》時的場景。

　　在那本書裏我寫下過一個故事，一名病人由於腹瀉了數月前來求診，我單憑自己耐心查問的病歷就斷定他罹患了大腸癌（Ca colon）。他到急症室之前曾在外面數度求診，惟都被診斷為腸胃炎。對於這個診斷結果，我雖然感到大為震驚，但也未至於大惑不解。儘管這種與事實之間的巨大差異，對病人來說會造成災難性的結果，但現實中我也並非首次遇到相同情境，所以內心早已建立了對這種不可思議診斷結論的免疫能力。

　　腸胃炎的醫學專有名詞為 gastroenteritis，簡稱 GE。從這個字的結構分析，它由三部分組成。最前面的 gastro- 部分源自希臘語，是胃部的意思；中間的 entero- 部分也源於希臘語，是腸子的意思，它的單數為 enteron，複數是 entera；最後的 itis

之前已作過詳細解釋，具有發炎的意義。三部分結合起來，就變成了不折不扣的腸胃炎。

腸胃炎和上一篇的上呼吸道感染一樣，是極為普遍和常見的疾病，也是我在病歷表上其中一種寫得最多的病歷紀錄。腸胃炎的診斷極其容易，取決於是否在短時間內同時出現兩全三種腸胃病徵。這三種病徵包括腹瀉（Diarrhea，簡寫 D）、嘔吐（Vomiting，簡寫 V）以及腹痛。以口語的方式來表達，就是本地人常說的「痾、嘔、肚痛」。

所謂腸胃炎就是胃部和腸臟發炎，胃部發炎會出現嘔吐和上腹疼痛的情況，腸臟受到影響，吸收水分的功能就會出現問題，產生下腹疼痛和腹瀉的病徵。除了這些典型的腸胃病徵外，病人或許伴有輕微發燒，嘔吐腹瀉嚴重的話，也會出現脫水現象。

腸胃炎的成因有不少，最主要的有兩個。首先是吃了本身不潔的食物，或個人衛生做得不好而污染了食物。其次就是身體受到細菌或病毒感染，腸胃病徵只是整體徵狀的一部分。最典型的例子是患上 URTI 的病人，同時出現腹瀉、嘔吐或腹痛的病徵並不罕見。至於一群人吃了相同的食物，在兩三天內出現相似的腸胃病徵，其實也屬於腸胃炎，只是臨床上為這種情況賦予了一個特殊的稱謂，名叫食物中毒（Food poisoning）。食物中毒這個說法令人頗為不安，但其實大部分情況下，治療方法和普通腸胃

炎並無二致。

和上呼吸道感染一樣，腸胃炎普遍也是一個急性和自限性疾病，如果挺得過一兩天，一般都會自行痊癒。處理方法也很簡單，只需給予支援性療法，目的在於讓病人在痊癒前紓緩一下病徵而已。腸胃炎最大的危險在於脫水（Dehydration），嚴重的脫水會導致低血容量性休克（Hypovolemic shock），或會危及性命。有見及此，醫生除了開出止吐藥外，還會叮囑病人多喝水以補充水分。若出現脫水的情況，病人便需要住院觀察，並接受靜脈輸液以提升血容量。

腸胃炎的病人通常不需要接受任何檢測化驗，也不建議服用抗生素和止瀉藥，畢竟這是可自行痊癒的疾病，這些措施沒有額外好處之餘，還可能帶來不便和副作用。除非病人發高燒、排血便、嚴重脫水或病徵持續三四日不退，才需要住院接受血液化驗及大便細菌培植等檢測，以排除霍亂（Cholera）、痢疾（Dysentery）、以及某些沙門氏菌和大腸桿菌引致發病的可能性。這些情況才真正需要抗生素治療，幸好此類高危險性的腸道疾病在本地並不多見。

回到開首的那個故事，我為那名病人感到傷感。我心裏明白大腸癌延醫數月，很大機會已由可以根治的早期惡化成無法以手術切除的晚期。儘管大腸癌也可以導致腹痛和腹瀉等與腸胃炎相

似的病徵，但在病歷上兩者有着天壤之別。腸胃炎是急性疾病，一兩天、兩三天就會自行痊癒，而大腸癌是慢性疾病，腫瘤一日未被清除，病徵就繼續存在，甚至持續惡化。除此之外，未獲治理的癌症病人會越來越消瘦和疲倦乏力，只要花點耐性和心思查問一個完整的病歷，就不難把兩者區分開來。這是另一個堅實的例子，說明詳盡的病歷在診斷中無可替代的重要性。

# 開心過後的蜜月病：UTI

「最近妳是否有過性行為？」

當我每次遇到同一類型的年青女性，都會正襟危坐地提出同一條問題，而她們十個中的九個都會回答說有，而且羞澀的臉蛋霎時間掠過一抹凝重的神色。她們或許以為我會緊接着告白，自己已不幸染上了性病。

其實我只是故弄玄虛，並不是要恐嚇她們患上性病。我也絕非變態之徒，無意藉工作之便打聽他人私隱。我對這類人提出相同的問題，是因為她們擁有一些特有的共通點，能讓我在等待她們步入診症室時，就已成竹在胸地破解了病因。而且，我早就料到她們患的病和那種活動是有關的，如果她們回答說沒有，反而會讓我感到怪異。

她們的共通點在於，病歷表上的分流記錄不是寫着解尿疼痛（Dysuria）和排血尿（Hematuria），就是寫着尿頻（Frequency）和小便混濁（Turbid urine），以至於每次看到同樣的求診原因，醫生總可以在看見病人之前就作出初步診斷。另一個共通點在

於，病人一般是 50 歲以下的女性，更以年青人為多，而且在病發前兩三天大多有過性行為。這種病症有如此多的蛛絲馬跡，又如何逃得過急症室諸多福爾摩斯的法眼。

這種病就是前文〈俗世中的清泉：MSU〉提及過，且極為常見的尿道炎（Urinary tract infection），在醫護專業內通常以其簡稱 UTI 作為溝通方式。顧名思義，尿道炎主要是指尿道（Urethra）及膀胱（Urinary bladder）的細菌感染，若細菌繼續隨着輸尿管向上傳播，繼而造成腎臟感染，便構成另一種稱為腎盂腎炎（Pyelonephritis）的疾病。腎盂腎炎比普通的尿道炎嚴重得多，得不到適當治療的話可導致死亡，病徵也完全不同，主要以高燒和腰痛為主，猶幸病發率比尿道炎也低很多。

尿道是人體泌尿系統的一部分，無論男性女性皆有此等器官，何以患病的卻以女性為主？原因是女性的尿道比男性短，膀胱更接近會陰，依附在陰部皮膚上的細菌更容易傳播到尿道及膀胱。性行為後若不及時清潔身體，被汗水及其他體液沾濕的陰部就成了細菌滋生的溫床，因而比平常更容易導致尿道炎。由於尿道炎與性行為有關，它又被戲稱為「蜜月病」，原因不言自明。這就是我每次遇到這類病人，都必詢問同一條問題的背後原因，以求找到病發的導火線，從而給予病人更改事後清潔習慣更有力的提議。

儘管單憑病歷於大部分情況下已可作出正確診斷，但在擁有較多資源的醫療機構，一般都會為病人作臨床尿液測試及尿液細菌培植，以獲得更客觀的證據以支持診斷結果。典型的臨床尿液測試結果，主要顯示出大量的白血球和紅血球。尿液細菌培植通常需要兩、三天時間，才能找出引致發炎的細菌，而大腸桿菌（Escherichia coli，簡稱 E. coli）是最常見的元兇。

　　尿道炎並非危險的疾病，治療方面也相對簡單。根據以往尿液細菌培植的數據，Nitrofurantoin 這種歷史久遠的抗生素，是治療簡單尿道炎最有效的藥物。其實，若病人身處異地一時難以求醫，只要喝大量的水把尿液稀釋，即使不能完全治癒，也能暫時紓緩病情。

　　得益於身體結構上的先天優勢，男性患上尿道炎的機會比女性低很多。一旦男性患上尿道炎，很大機會與糖尿病和隱藏的泌尿系統結構異常有關，後者包括前列腺增生、尿液倒流、膀胱石和尿道石等等情況，而且尿道炎的病徵與淋病等性病較為相似，所以必須徹查清楚，治療上反而沒有女性那般簡單直接。

　　事實上，如果男性展現出解尿疼痛、排血尿、尿頻及小便混濁等典型尿道炎跡象，我不但會詢問他們最近是否有過性行為，更會追問他們有否進行過不正當的性行為，因為性病在男性病人身上，確實是一個不容遺漏的病因。

# 肚子裏的交通堵塞：IO

　　由於傳媒經常報道，每年高考成績最好的中學生，大部分都報讀本港兩所大學的醫學院，以致不少市民都認為醫學是一門艱深的學科，只有最頂尖的腦袋才能駕馭。這種想法雖然在很大範圍內是難以挑剔的，但偶然也有跳出框架以外的例子。

　　市民無需把醫生的大腦想像得太厲害，醫生為病人診症時，其實有點兒像小時候玩的拼圖遊戲，是一種辨認圖案的智力活動。只要找到一種特定的病徵組合，就能既快速又準確地作出診斷。成功與否在於醫生懂不懂向病人提出正確的問題，從而在病人口中獲取自己想要得到的資料，就如是否善於把拼圖塊東拼西湊起來一樣。

　　舉個例子，在一兩天內出現發燒、肌肉疼痛、疲倦、喉嚨痛、咳嗽或鼻涕等症狀，就是上呼吸道感染的特定病徵組合，即使不作任何身體檢查和檢測，答案早已躍然紙上。這種簡單的疾病，儘管大家不是醫生，大概也能憑經驗作出睿智的結論。根據相同原理，若病人同時出現腹痛、腹脹、嘔吐和便秘這四種情

況，就是典型的 IO 病徵組合，醫生只要直接查問這四項病徵是否存在，就能在數秒內作出敏銳的判斷。根據病徵組合的模式作診斷，在臨床工作上十分普遍，說白了就是辨認圖像的遊戲。找齊了所有的拼圖，就能拼湊出完整的圖案。

IO 是醫學名詞 intestinal obstruction 的簡寫，翻譯成中文就是腸阻塞。這個情況比較容易理解，顧名思義，腸阻塞就是腸臟因為各種不同的原因被堵塞了，就如堵車一樣，腸道裏的食物殘渣和液體因此不能通過受阻的部分，從而對人體造成影響。食物殘渣和液體被堵住了，便會積聚起來引起上遊的腸道膨脹，導致腹脹和腹痛現象。食物殘渣和液體下不去，順理成章地也會產生嘔吐和便秘的徵狀。從原理上去理解這種狀況，就不難明白它的病徵組合。

腸阻塞並不是一種特定的疾病，而是一種狀況，一個結果。不同的機制均可引致阻塞，病因也可謂五花八門，所以憑四個病徵診斷出腸阻塞之後，醫生不能就此停下腳步，還需要更深入地找出致病的原因。

腸阻塞的成因多如天上繁星，很多疾病市民可能連聽也沒有聽說過，所以一一列舉也沒有任何意義。按發病的基本原理分類，病因可概括性地分為機械性腸阻塞、動力性腸阻塞、血運性腸阻塞三類，在此只列出幾個較常見的病因作為參考：

黏連（Adhesion）、俗稱小腸氣的疝氣（Hernia）、大腸癌（CA colon）、腸扭轉（Volvulus）、發炎性腸道疾病（Inflammatory bowel disease）、缺血性腸道疾病（Ischemic bowel disease），還有在《急症室的福爾摩斯》第 3 集《醫生女兒要搞蛋》中提及的腸套疊（Intussusception）等等。

佔據以上頭三位的病症，是引致腸阻塞的常見病因，並以黏連居首。進行腹部手術後，腹部內的傷口在癒合過程中常會產生纖維性組織。這些纖維組織有機會從外部壓着或卡住某段腸臟，使腸道變得狹窄，從而機械性地造成腸阻塞。由於黏連是造成腸阻塞的最常見成因，醫生在為腸阻塞病人檢查時，若看到腹部表面留有以前的手術疤痕，都會直覺地形成第一印象，認為黏連就是這次的罪魁禍首。

雖然醫生單憑幾個典型的病徵，就足以斷定病人是否患有腸阻塞，但一般仍需要簡單的檢測作為客觀的證據。便宜和快捷的腹部 X 光便是這方面的首選，可以呈現出極具代表性的腸阻塞圖像，能為醫生在短時間內提供這種證據。X 光射線穿透身體之後，能在電腦螢幕上形成代表空氣和液體之間介面的多道水平線，如同電視屏幕上土耳其棉花堡那些層次分明的階梯。若要進一步找出確實的病因，對腹部 X 光來說卻是無法完成的任務，只能依靠電腦掃描等更複雜的檢測方法。

腸阻塞屬於外科病症，原因是服藥並非治療的可行辦法。千萬不要看貶腸阻塞這三個簡單的字，因阻塞而膨脹起來的腸臟若得不到及時治理，會有破裂的風險。從腸道內部外溢的食物殘渣和液體，會導致由細菌引起的腹膜炎，隨後衍生敗血症，足以致命。受阻塞的腸臟常出現血液流通不暢順的情況，腸臟組織或會因缺血而壞死，最後結果也是細菌性感染、敗血症和死亡。

儘管腸阻塞是外科病症，但也不一定要動用手術方式治療。主流的治療方式主要有兩種，一是保守性療法，通過插入鼻胃管紓緩腸道症狀、處方止痛藥緩解腹痛、使用抗生素預防及消除細菌感染等手段，等待腸阻塞自行消退，重新打通腸臟通道。其二是傳統的手術方式，通過剖腹術（Laparotomy）直接清除阻塞。另外，引致腸阻塞的背後原因，也需要針對性地根治。至於確實使用哪些方法，就要根據各自的情況作決定，無法一概而論。

腸阻塞是在急症室裏較常遇到的病症，因此 IO 這兩個英文字母，也經常出現在病歷表的診斷欄目之上。IO 的診斷十分容易，不須擁有最強的大腦，只需略懂拼圖的心得，就能從鼓起的肚子、疼痛的表情、嘴巴噴發出來的瀑布，以及懇求通便藥的表白，拼湊出肚子裏交通堵塞的端倪。

# 醫院裏的神蹟：#NOT

上了年紀的女士不慎絆倒，一屁股摔在地上，受傷的屁股登時劇痛難當，無法再重新站立起來。

以上是一個十分典型的病歷，已向經驗豐富的急症室醫生提供了足夠充分的資料，讓診斷結果呼之欲出，就只差最後白紙黑字記錄下來。對解謎有興趣的讀者，可以動一動腦筋，運用常識和經驗，嘗試破解這個不難解答的醫學懸案。

為了繼續故弄玄虛，我姑且把結果放下不表，再賣上一個關子，先談一談我看病時慣常用上的一個小把戲。

無論小學還是中學，我都是在基督教學校上學。以往閱讀《聖經》的時候，曾看過不少耶穌基督施展神蹟治病的故事。到我成為了醫生之後，每當診治腿部受傷的病人時，我都刻意模仿耶穌基督的口吻，以半命令、半說笑的語氣對他們說：「我要你起來，你就起來。」

不管那些傷者最後能否站得起來，這句戲謔的話都能把他們逗得捧腹大笑，令本來愁雲慘霧的面龐頓現歡顏，不啻是醫院裏的一個小神蹟。

　　或許有讀者認為這樣開玩笑開過了頭，甚至責怪我言語間侮辱了神的旨意，但這顯然誤解了我的一片苦心。我這樣說是有原因的。從人體結構的角度出發，當人類站立時，由於地心吸力的緣故，整個人的體重向下壓，雙腿就負起了承受上半身體重的任務。如果雙腿負責承重的部位骨折了，受傷的人是站不起來的，更莫說要向前踏步。因此，把下肢受傷的部位和能否站立這兩個因素綜合起來分析，就不難斷定受傷部位有否骨折。這就是我在三四秒後對站不起來的人斬釘截鐵地說，他們的腿骨已經折斷了，而他們卻對我在仍未拍攝 X 光前就作出判斷大惑不解的原因。這是一個極好的例子，說明醫生和普通人在知識層面的分野，決定了兩者思維能力上的差異。畢竟，二加三等於五，不用拿計算機出來，受過教育的人也能憑藉邏輯思考算出答案。

　　試想像一下，電影裏的福爾摩斯到了要為華生醫生揭開謎底那一幕時，必定會按捺不住臉上得意的神色，嘴角帶着輕蔑的笑容說：

　　華生，那段話中的每個字都是重要線索，只要你明白它們透露的信息，元兇就無所遁形……正確的答案是髖部骨折（*Hip fracture*）。髖關節就是由大腿骨和盤骨組成的關

節，大腿骨的正確名稱為股骨，英語為 *femur*。髖關節深埋在厚厚的臀部肌肉下面，髖部骨折指的是髖關節附近的股骨骨折，是老人最常見的骨折之一。一旦摔倒後臀部劇痛，無法再站起來行走，基本上就是這種情況。由於女性較男性更常患有骨質疏鬆，骨頭沒有男性那麼結實，所以這種骨折在女性身上也明顯較多。華<u>生</u>，你怎麼就想不出米！

作為一名醫生，我對福爾摩斯所說的話完全認同，但我對他如此奚落我的同行卻十分不滿。我必須拿出更多相關的證據，以反映出福爾摩斯在知識上的貧乏，為華生醫生爭回一口氣。

除了在摔倒後髖部疼痛，站不起來之外，其實還有另外一些暗示髖部骨折的跡象，最典型的特點包括受傷的那條大腿縮短及屈曲了起來，並向外側旋轉及伸展，再加上髖關節完全失去活動能力，連抬也抬不起來，就為診斷提供了最客觀的證據。

髖部骨折以股骨骨折的確實位置分類，可劃分為股骨頭骨折（Femoral head fracture）、股骨頸骨折（Fractured neck of femur，簡稱 #NOF）及轉子間骨折（Intertrochanteric fracture of femur，簡稱 #TOF）。當中股骨頭骨折極為罕見，而股骨頸骨折（#NOF）是三者中最常見的，比轉子間骨折（#TOF）高出接近十倍。不言而喻的是，骨折在醫學密碼世界之中，是以 # 這個符號為代表的。

由於 #NOF 是急症室常見的病症，也是髖部骨折中最普遍的那種類型，所以我會比福爾摩斯表現得更為進取，在遇到相同的病症時，常憑經驗直接將其視為 #NOF，除非在其後的 X 光檢查中顯示為 #TOF，才對診斷結果作出修改。不過，無論是 #NOF 還是 #TOF，治療方式都是以手術為主，打石膏完全沒有半點效用。拒絕接受手術或因身體太衰弱不能進行手術的傷者，以後恐怕都無法堂堂正正地站起來。沒法再站起來的病人，因長期臥床而有機會出現如肺炎、深部靜脈血栓、肺動脈栓塞等一連串的併發症，對生命構成嚴重的威脅。有鑒於此，老年人不應小看 #NOF，那可是一種足以把他們帶回天國的創傷。

　　我衷心希望所有老人家在我提出「我要你起來，你就起來」那句指令時，都能頑強地站起來。那是彰顯神的旨意最有力的見證。

# 不容忽視的壓力：HT

　　HT 這兩個代表高血壓的英文字母，可以說是在病歷表上最常看到的簡寫，反映了該種疾病的普遍性。由於它是其中一種最常見的基礎性疾病，並且會對健康造成廣泛的影響，所以不論哪一個專科的醫生，均無法迴避這個情況。

　　HT 的全稱是 hypertension。從字面上說，醫學中 hyper 這個字首和 high 有相同詞義，與「過多」、「過度」、「高」等意義有關。醫學中的英文專業用語，很多都源自古拉丁文和希臘文的相關詞彙，即使以英語為母語的人，若從未研習相關學科，也未必懂得這些專有名詞。

　　弄懂了 hyper 的意義，便可謂一理通百理明，以後看到以 hyper 開首的詞語，就不難明白箇中意思。例如，hyperactivity 這個字，字面上就有過度活躍的含義。「專注力失調及過度活躍症」是個常見的兒童及青少年神經發展障礙，醫學名稱就是 Attention deficit and hyperactivity disorder，簡稱 ADHD。Hyperventilation 這個字也不難理解，過度換氣的詞義明明白白

地躍然紙上。這是一個源於呼吸頻率太快，導致過量呼出體內二氧化碳，從而引起面部和手腳麻痺的狀況。Tension 是壓力的意思，hypertension 明顯就是壓力過高的狀況。

人體的血壓隨着年齡的增長，會變得越來越高，所以在不同年齡層有着不同的正常數值範圍，而這些數值經常會隨時代變遷而改變，因此姑且把數值省略不題，以免引起讀者憂慮和緊張。血壓以毫米汞柱（Millimetres of mercury，簡寫 mmHg）為量度單位。一般來説，成年人的平均血壓數值若低於 140/90mmHg，身體就沒有多大問題，不需要定期覆診和服藥。

高血壓需要治理，原因是長期不受控制的血壓會導致一連串的嚴重併發症，無論對健康狀況甚至生命安全，都是極大的挑戰，故不容忽視。高血壓的併發症種類繁多，難以一一表列，最主要的三大病症包括慢性腎衰竭（Chronic renal failure，簡稱 CRF），最終或需依靠腹膜透析（Peritoneal dialysis，簡稱 PD）或血液透析（Hemodialysis，簡稱 HD）等方式，才能延續生命；冠心病（Coronary heart disease，簡稱 CAD），乃當今現代社會的頭號殺手；腦中風（Cerebrovascular accident，簡稱 CVA），患者要面對一系列的神經系統後遺症，對日常生活造成嚴峻的阻礙，在最嚴重的情況下可於一兩天內致命。

高血壓是一種慢性病，不是一朝一夕形成的，而且在大部分

情況下沒有徵狀，如果缺乏定期檢測，任何人都不會察覺自己的血壓高於正常值。雖然長期來說，高血壓會造成不少健康上的問題，但併發症也絕非在一夜之間形成，一旦被證實患有這種疾病，如果整體狀態良好，其實也不用驚惶失措。治療方面也沒有緊迫性，只要根據醫生的處方依時服用降血壓藥，定期覆診量度血壓讀數，有效控制血壓並非難事。

可惜的是，現實中並非所有人都是冷靜理性的。我在工作中時常遇到一批來客，自行量度血壓時發現讀數稍高於正常就緊張不已，然後匆忙趕到急症室求診。另外一些人是在外面的診所檢測到上壓高於 180mmHg，因而被轉介往急症室處理。這些病人大都沒有病徵，因而並不危急，其實在診所接受治療已經足夠。

高血壓病人是否危急，並不單單取決於血壓的讀數，最主要的還要看有否終端器官損傷（End Organ Damage）。終端器官損傷所指的是，人體包括心臟、腦部和腎臟在內的主要器官，有否因血壓過高而受到損害，展現出諸如胸痛、心悸、呼吸困難、腿部水腫、神志不清、昏迷、抽搐、視力模糊、腦中風以及腎衰竭等徵狀。這些情況與高血壓並存的話，病人就屬於危急類別，醫學上稱為高血壓緊急症（Hypertensive emergency），需要即時透過靜脈注射藥物降壓，同時需要在特別的加護病房處理相關的器官損傷問題。可幸的是，高血壓緊急症並不十分常見。若沒有終端器官損傷的話，即使上壓高於 200mmHg，病人也並不危

急，而且也極為常見，臨床上稱為高血壓危迫症（Hypertensive urgency），但毋須急於在短時間內把血壓降下來。

對於單獨的個體而言，血壓不是一個恆久不變的常數，而是隨着時間不斷地波動，並受諸多內外因素影響。情緒波動是導致血壓驟然上升最常見的因素，憤怒、激動、緊張、焦慮、恐懼等心情，對血壓均有影響。除此之外，疲倦、痛楚、缺乏睡眠、剛做完運動等原因，都會造成血壓短暫上升。由於這個緣故，一個人是否患有高血壓，不能單靠一個讀數決定，而是需要在靜止情況下，相隔四小時的兩組數據作評定。

我曾被不少朋友查詢，如何治理血壓攀升到很高的病人，我都會給出一番如出一轍的答案。即使病人的上壓超過200mmHg，而這在急症室裏十分普遍，假若終端器官損傷情況並不存在的話，我並不會急於處方藥物把血壓迅速降下來。我會在完成心電圖、肺部 X 光和臨床尿液評估後，再重複量度一次血壓。如果血壓已經下降到一個尚未正常，卻並不危險的數字，我會讓病人回家，然後自行到外面的診所進行後續處理。若血壓仍然極高，我會把病人收進急症專科病房觀察，並進行血液化驗以評估肝腎功能狀況。只有在過了幾小時血壓仍持續升高的情況下，我才會處方降血壓藥。我不至於焦急到要求血壓在一兩天內回復正常，更不會在血壓完全正常後才讓病人出院，因為服用新的降血壓藥後，病人的血壓大約需要一星期左右才能降到新的平

衡點。出院時除了處方降血壓藥，我還會把病人轉介到外面的診所覆診，看血壓是否在一兩星期內回復正常水平。若血壓仍未回復正常，醫生可因應實際情況對藥物劑量和種類作出調整。

居家血壓監測（Home blood pressure monitoring，簡稱HBPM）是一個長期監測血壓水平的有效方式。每日早晚各量度一次血壓和心跳讀數，並把數據記錄下來，在覆診時交給醫生分析，對評估血壓的控制情況以及降血壓藥的劑量調節，有極為重要的幫助。這種持續的監察比起一次性的數字，具有無可比擬的參考價值。

# 矛和盾的對抗：
# SVT & ATP

在本書第二章的〈BP/P 的死亡交叉〉一文，我提及過成年人正常的靜止心率介乎每分鐘 60 至 100 次之間，頻率高於這個範圍的，醫學上稱為心動過速或心搏過速，英文專有名詞叫 tachycardia。

正常人的心臟被分為四部分，分別是左右心房（Atrium）和左右心室（Ventricle），兩個心房各自位於相應心室的上方，而左邊心房和心室的容量均比右邊大。正常情況下，心臟的每次跳動，皆由位於右心房的竇房結（Sinoatrial node，簡稱 SA node）啟動。竇房結儼如發號施令的指揮所，心律需要聽命於這個天然起搏器。由它發出的電流訊號，先傳向兩個心房，然後傳到心房和心室之間的房室結（Atrioventricular node，簡稱 AV node），繼而經心室間膈向下傳遞到兩個心室，驅使心臟肌肉作出上下聯動的收縮，把心臟裏的血液泵到身體各部，週而復始。

心動過速有很多類型，最簡單的一種是由竇房結正常發出電流訊號，被稱為竇性心動過速（Sinus tachycardia），成因在第二章〈BP/P 的死亡交叉〉一文已作詳盡介紹，在此不再贅述。除此之外，不同的心臟疾病均可抑壓竇房結啟動電流的功能，以致心臟的其他地方取代了竇房結，成為異常的電流訊號源。若產生電流訊號的區域位於心室以上，該種心動過速就被定義為室上性心動過速（Supraventricular tachycardia，簡稱 SVT），而在心室範圍產生電流訊號的心動過速，就順理成章地被稱作心室性心動過速（Ventricular tachycardia，簡稱 VT）。與此同時，心房纖維性顫動（Atrial fibrillation，簡稱 AF）是個十分常見的心律不整現象，平常的心率不超過每分鐘 100 次，但當它的心率超過一分鐘 100 次的話，就會被稱為 fast AF，中文字面上的翻譯就是快速的心房纖維性顫動。

心跳得快，除了正常的竇性心動過速外，最常見的就是 SVT，此類病人是急症室的常客。由於太常見，急症室醫生只需瞥一下心臟監察儀器的螢光幕，兩三秒之內就能作出正確診斷，而且醫護人員之間只會用 SVT 作日常溝通，幾乎把它的全稱都忘掉了。慶幸的事，SVT 是相對良性的心律不整，不像 VT 那樣有即時生命危險，休克或昏迷等情況極為罕見，絕少對生命構成威脅。

造成 SVT 的原因種類繁多，最常見的類型是房室結折返性心動過速（AVNRT），發生的原因是心室間膈出現了額外的折返

迴路，使已傳到下方心室的電流再次折返上方的心房，導致心臟過早搏動。

　　無論是何種原因導致的 SVT，表現方式都十分相似，一般會引起心悸、胸悶及輕微的暈眩，病徵出現的時間可由數分鐘至一兩天不等。在大部分情況下，SVT 會自動停止，病徵隨之消失，因此患者未必每次都去看醫生，只有到了最嚴重的那次發作，病徵長時間不退，才迫於無奈求診。因此，不少最終被查出罹患 SVT 的病人，都曾飽受斷斷續續的心悸煎熬。

　　SVT 有一個很顯眼的特性，極容易與其他類型的心動過速區分開來。SVT 的心跳頻率普遍維持在每分鐘 150 次或 200 次左右，極少上下浮動，尤以 150 次最常見。這種典型的心跳頻率與 VT、fast AF，甚至竇性心動過速有顯著差異。另外，心電圖上看不到正常的 P 波，QRS 複合波狹窄且極有規律，這些獨特的標記，能讓急症室醫生在數秒內辨認出這種心律不整。

　　在急症室診斷出 SVT 後，醫生會為患者靜脈注射一種名為三磷酸腺苷（Adenosine triphosphate，簡稱 ATP）的藥物，這種藥物一般對 SVT 極為有效，在十來秒後便能把心率由 150 次降為低於 100 次的正常竇性心跳。儘管效能無可挑剔，但治療過程卻極為難受，患者普遍感受到十餘秒呼吸困難、心跳停頓、快將昏迷的感覺，就好像快要死亡一樣。有見及此，醫生在注射

ATP 前，必會向病人解釋清楚副作用，讓其作好心理準備。若注射過兩次 ATP 仍未能成功，還有其他二線藥物可供選擇。

雖然 SVT 引致的心悸常令病人感到不適，但通常都很安全，只是十分偶然才會出現血壓驟降或昏迷等嚴重徵狀。除了竇性心動過速之外，包括 SVT 在內的其他所有心動過速，若患者同時出現呼吸困難、血壓驟降、神志不清或心肌梗塞的其中任何一項，該種心動過速就會被定義為不穩定的心動過速，醫生必須考慮即時採用同步電擊心臟整律術（Synchronized electrical cardioversion），以電擊方式把過高的心率回復正常竇性心律。在過去廿多年中，我只為兩名 SVT 患者進行過這種電擊整律術，而為 VT 病人做的卻不計其數，從中可一窺兩者在安全性上的分野。

證實患有 SVT 的患者，除了吃藥控制心跳之外，還可以選擇接受射頻灼燒術（Radiofrequency ablation，簡稱 RFA），把位於心室間膈附近的額外折返迴路切斷。這個小手術比長期服藥，無疑更一勞永逸。

我希望那些經常感到心悸的人士，在看完這一章節後，下次心悸發作時主動檢查一下自己的脈搏，若心率在每分鐘 150 次左右，就很大機會患上 SVT。這些人士應及早求醫，並把記錄到的心跳頻率及持續的時間告知醫生，這些資料絕對有助醫生解開謎團。

# 如 FBI 刑警般探囊取物

　　1990 年代初期在港大醫學院求學時，曾看過一套令我印象極為深刻的荷里活電影《沉默的羔羊》。著名女星茱迪‧科士打飾演一名美國聯邦調查局的實習探員，憑着機智、勇氣、決心和孜孜不倦的努力，成功將一名連環殺手緝捕歸案。這套劇情和拍攝效果把觀眾壓迫得屏息靜氣的電影，不但為我提供了個多小時驚心動魄的官能刺激，還讓我在當時仍十分稚嫩的人生中，首次接觸到 Federal Bureau of Investigation（FBI）這個神秘的執法機構。美國聯邦調查局 FBI 的形象，從此就深深地植入了我的腦袋，不得不借此機會稱讚一下荷里活電影衍生出來的美國軟實力。

　　畢業後到了急症室工作，因為救急扶危是我當年夢想成為醫生的初心。從拯救生命的角度來看，沒有任何一個地方比急症室更直接、更充實。上班還未滿幾天，便經常從同事口中聽到 FBI 這三個英文字母，卻百思不得其解，何以本港急症室竟與美國聯邦調查局扯上了關係。凡事尋根究底的古怪性格，沒過多久就驅使我嘗試破解真相，才明白此 FBI 不同彼 FBI。

醫學上的 FBI，乃 foreign body ingestion 的簡稱，轉用中文表達，就是誤咽異物的意思。說得淺白一點，誤咽異物就是意外地吞下不屬於人體的物件進入消化道，正常食物不包括在內。出乎意料之外，這並非一個罕見的情況，而是急症室慣常的病症，幾乎每天都有這類病人求診。在諸多千奇百怪的誤咽異物個案中，卡在咽喉的魚刺絕對是惡貫滿盈的頭號慣犯，長期佔據該項罪案的榜首位置。

魚刺卡在喉嚨的人士每次吞嚥都感到痛楚，莫說是食物，往往連唾液都不敢嚥下。由於無法吞嚥，如鯁在喉的感覺也極端難受，所以迫於無奈要到急症室求診。

在急症室裏取走魚刺的方法雖然稱不上複雜困難，但絕對考驗醫生的視力，也需要一點運氣，對於我這類年近半百、老眼昏花的資深醫生而言，成功率無疑大打折扣。即使是金晴火眼的年青同僚，百分之五十的成功率已算很不錯。要取走卡在喉嚨的魚刺，不是病人坐在椅子上張開口，醫生把光線照進口腔，然後使用工具就可以輕易拔出來的。口腔到食道的通道是一條彎曲的路線，而光線沒法拐彎，這種做法無法讓醫生清楚看見隱藏在舌頭後面的魚刺，勉強操作的話無異於閉上眼睛射擊，能擊中目標才怪。

正常的做法是，醫生先為病人在喉嚨噴上局部麻醉劑，以免在其後的操作中，病人因舌頭和喉嚨受到刺激而打嗝。然後，病人被安排躺平在病床上，張開嘴巴頭部往後仰。醫生坐在椅子上挪近病人的頭部，把外部光源照射進口腔，才以金屬製的喉鏡（Laryngoscope）把舌頭壓低，讓更大範圍的喉嚨部分顯露出來。喉鏡彎曲的延伸部分，與舌頭的表面弧度相似，設計目的就是用來壓下舌頭的。醫生接着把頭靠近病人的嘴巴，目光來回審視喉嚨的情況，發現魚刺就以手術鉗把它拔出來。

以喉鏡取魚刺這方式的局限性在於，視線所能觸及的喉嚨範圍依然有限，若魚刺插在更深入的位置，根本就沒有可能被發現。而且即使噴了局部麻醉藥，很多病人仍忍受不了被喉鏡壓住舌頭的感覺，會不斷搖頭掙扎，這樣也會令醫生無法順利完成整個操作。這就解釋了何以此種方法的成功率只有一半左右，而且醫生年紀越大，老花的度數就越高，視力就越模糊，成功率就更低。

若重複三四次相同的步驟都未能尋獲魚刺的蹤影，繼續下去也只是徒勞無功之舉，故需另闢蹊徑，安排病人接受內窺鏡檢查。內窺鏡檢查是最準確的方式，醫生把一條前端帶有鏡頭的軟管，從病人口腔放進咽喉及更深的食道，發現魚刺後就以鉗子拔走，沒有的話則代表魚刺已自行脫離，就此結案。

若有魚刺卡在喉嚨或食道而不取出來，是有嚴重潛在後果的。魚刺插在食道一段時間，會引發細菌感染，並導致膿液積聚，在脖子的深層部位形成咽後膿瘍（Retropharyngeal abscess）。除了出現喉嚨痛、發燒、吞嚥困難等病徵之外，這個病症最主要的危險在於，逐漸擴大的膿瘍會擠壓前方的氣管，造成上呼吸道阻塞，在最嚴重的情況下會引致窒息，繼而死亡。一般頸部 X 光不能拍出插在軟組織中的魚刺，卻能呈現咽後膿瘍的影像。一旦確診咽喉膿瘍，病人必須住院接受外科手術治療，清除積聚的膿液，徹底解除上呼吸道阻塞的威脅。

事實上，魚刺插在喉嚨主要是成年人的病症，在兒童身上並不多見。相對而言，兒童最常意外吞下的是各類小玩具、電池或硬幣。處理這些情況有不同的考慮，但原則和方式都大致相同。如果吞下的物件是有毒性或棱角鋒利尖銳的，就需要考慮盡早以內窺鏡方式取走物件。若胸部和腹部 X 光證實物件已離開胃部進入小腸或大腸，而病人當時狀況正常，就可以讓其自行經腸道排出體外。小童父母會被建議在隨後的幾天，每日都檢查小孩排出的大便，看能否尋回異物。若尋回了而小孩依舊一切如常，事情就告一段。若數天後仍未能尋回，又或小孩出現腹痛、嘔吐等情況，就得回到急症室重新評估。

2022 年 12 月底的兩個寒冷日子，我趁着家人到英倫旅行，獨自到南丫島某度假酒店出世逍遙，頗有時光倒流七十年之感。

我在酒店的陽台上，寫下了《急症室的福爾摩斯》第 3 集《醫生女兒要搗蛋》的最後一個故事，當中「今天我寒夜裏看雪飄過」、「風雨中抱緊自由」及對愛妻的讚賞，後來得到不少讀者的稱道，並笑指這是整本書最精彩的部分。

這個故事是在 2023 年 9 月 25 日完成的。一天前，我為了重溫舊夢，在醫院當完晚更後便拋妻棄女，重回這所世外桃源般的小酒店尋找寫作靈感。幸好不負我乘風破浪而來，面對洪聖爺灣的開闊景觀，我在 204 號房的陽台寫下了這個 FBI 的故事。

一名讀者在社交專頁得知我的創作歷程後，留下了一段值得玩味的回覆：

醫生問症要存着 *FBI* 探員的頭腦，去拆解病人「避重就輕」或「遊花園」的病歷，從而找到病因。

這段留言與這個章節的標題，恰到好處地產生了互相映襯的作用，也是對這本靈感源自偵探密碼的作品，最貼切的一個總結。

# 心如鹿撞的顫動：**AF**

　　2023 年 9 月下旬某天，我有幸獲邀到廣播道某電台接受訪問，在大氣電波中和聽眾分享作為急症室醫生、政府飛行服務隊飛行醫生以及書本作家的歷程。訪問正式開始前，我和兩名節目主持人在播音室內閒聊，其中一人提起她的一名親人之前中了風，我隨即憑專業直覺發問，該名親人是否有心臟的問題。節目主持人回答説，住院後才查到有心律不整的情況。

　　這個答案完全在我意料之中，於是不假思索就衝口而出：「是不是 AF？」

　　回應也是一如所料，和我心中的猜想完美重疊。這個訪問前的小插曲，使兩位主持人驚嘆不已，讓他們見識到知識就是力量，證實急症室醫生可以在電光火石之間捕獲元兇。

　　在上一篇關於 SVT 的文章中，我曾約略地提及過 AF。文章寫完後只過了一兩天，就碰巧遇上了這次廣播道診症事件，令我不得不為 AF 另起爐灶，特別撰寫一篇獨立的文章。

AF 的全稱是 atrial fibrillation，中文醫學名詞叫心房纖維性顫動。AF 是一種臭名昭著，卻又不幸地極為常見的心律不整，影響無數病人。就如上一章闡述的 SVT 一樣，AF 令竇房結的起博作用受到抑壓，控制心臟肌肉收縮的初始電流轉為在心房某處啟動。因此，心電圖上代表電流由竇房結起動的 P 波消失了，QRS 複合波由於電流起博點仍在心室以上，所以依然是正常地狹窄，但卻變得極不規律，沒法估計下一次心跳何時出現。這些典型的性質，構成了 AF 招牌性的心電圖特徵。

由於 AF 的心跳頻率極不規則，所以最主要的病徵是心悸，令患者常有心如鹿撞、胸膛下有東西噗通噗通亂跳的感覺。這感覺對於熱戀中的男女並非壞事，但對早已成家立室、開枝散葉的人來説，卻是一種強烈的生理警號。身手靈活、頭腦精明的人士，只要用手指頭按在腕上動脈一段時間，若感應到毫無規律亂跳的脈搏，也能自我作出 AF 的診斷。

雖然我把這篇文章的標題寫得活潑可愛，但 AF 可不是説着玩的，它對健康一直都是個十分嚴重的威脅。AF 最大的問題是，鑒於電流在起搏時出現的錯誤，心房和心室的肌肉收縮得極不協調，更形象地説只是在胡亂地抖動。這不但令心跳喪失正常的規律，更令心臟的泵血功能遭受損害，以致輸送血液的效率大幅下降，令到血液的平均流速放緩。心臟和血管內的血液流速減慢，就增加了凝固的風險，從而產生血栓栓塞（Thromboembolism）

的現象。

血栓（Thrombus）是指在血管內凝固的血塊，會導致血液流通受阻。如果血栓離開原本的位置，隨血液轉移到其他區域的血管，則稱為栓子（Embolus）。AF 是形成栓子的其中一個最主要原因。栓子隨血液在動脈內移動，一旦卡在身體內通道較狹窄的動脈，就會造成阻塞，引致中風和急性肢體缺血，對生命及肢體安全構成極大挑戰。同樣的敘述，我在本書〈6 個神秘的大楷字母 P〉一文也曾書寫過。

AF 的成因有很多，最主要有三個，分別是冠心病（Coronary heart disease，簡稱 CHD）、慢性風濕性心臟病（Chronic rheumatic heart disease，簡稱 CRHD），以及甲狀腺毒症（Thyrotoxicosis），三者均為嚴重疾病。換句話說，就如刀郎在他一鳴驚人的名曲《羅剎海市》裏的歌詞一樣，無論從原因還是後果來看，AF 不管怎麼洗都是個髒東西。

鑒於 AF 的成因和後果都極其嚴重，病人一旦被發現患上這個病，醫生就得竭盡所能找出成因，謀求從根本上對症下藥。另外，病人一般也會被處方華法林或其他新型口服抗凝血劑，以降低血栓栓塞的風險。另一些藥物也有助減低 AF 的心跳頻率，以紓緩病人心悸的感覺。

訪問節目的錄音開始後，兩名主持人詢問過我，急症室醫生是如何鑒貌辨色，只透過簡單的觀察就發覺病人有何頑疾。整個訪問完結時，我為這條問題作了一個簡單的總結：

　　我相信柯南道爾爵士筆下的福爾摩斯，也是用上急症室醫生的方法觀察陌生人的。畢竟，柯南道爾爵士本身也是一名醫生，他最清楚細緻觀察的竅門。

# 別有洞天的景象：**PPU**

　　和醫生朋友談起，大家都有一個相同的感覺，就是有一種外科疾病以前並不十分罕見，但最近好一段時間卻彷彿突然消聲匿跡了。就個人而言，至少在過去十年間，我再沒有遇上過一個。

　　這個外科病症就是醫生口中所説的 PPU。這個和 PPT 簡報僅一個英文字母之差的縮寫，英語全稱為 perforated peptic ulcer。Perforate 和 perforation 是醫學裏常用的詞語，專門用來形容體內器官穿了一個洞。Peptic ulcer 的中文翻譯是消化性潰瘍，意指出現在胃部和十二指腸的黏膜潰瘍。它可以再被細分為耳熟能詳的胃潰瘍（Stomach ulcer）和十二指腸潰瘍（Duodenal ulcer）。學懂了基本的概念之後，把幾個英文字組合起來，只要運用邏輯思考一下，就不難領會 PPU 所表達的是「消化性潰瘍穿孔」這種情況。以更簡單直接的話來説，就是胃部或十二指腸穿了一個洞。

　　消化性潰瘍導致急性穿孔的機率並不高，一般低於十分之一。穿孔最常見的位置，處於胃部和十二指腸交接的地方，稱為

幽門。儘管不十分常見，但胃部或十二指腸穿了個洞卻絕非小問題，如果得不到及時處理，可產生嚴重的後果，並有極高的死亡風險。這種疾病最大的問題在於，胃部或十二指腸一旦穿孔，消化道裏的食物殘渣和胃酸失去了約束，就會像囚禁在黑暗牢獄裏的罪犯看到從牆壁透進來的光一樣，必定一窩蜂地擠過縫隙向外逃逸。這些物質在正常情況下不存在於腹腔之內，一旦腹腔受其污染，就會造成急性腹膜炎（Acute peritonitis），若不及時進行手術修補，細菌進入循環系統就會引致敗血症（Septicemia）。敗血症是一個極端嚴重的狀況，可導致休克（Shock）及多重器官衰竭（Multiorgan failure），最終的結果就是死亡。

PPU 的常見表現方式，是突發性的上腹劇烈疼痛。這種病症是其中一個最好的例子，用以說明醫生是如何結合病歷和身體檢查結果，從而對腹痛原因作出準確判斷的。

引起腹痛的原因至少上百個，醫生既沒有穿透肚皮的視力，也沒有感應磁場的魔法，那如何知道深藏在腹腔內的病因，一直是市民感到好奇的焦點。醫生固然不是法力無邊的魔法師，但經過多年醫學院及畢業後的在職訓練，自然會熟練掌握一套系統性的方法，藉此解開肚皮之下別有洞天的奇幻景象。

其實方法並不太複雜艱深，只在於從病歷中尋找突出的特徵，再結合身體檢查的結果，將兩者與每種可引起腹痛的疾病進

行比較，往往就能把嫌疑犯大幅縮窄到幾個，甚至足夠作出最終的診斷。

不說不知，腹痛的特性原來有很多。就 PPU 而言，胃或十二指腸潰瘍本是慢性疾病，病人或早有一段時間的胃部不適。當潰瘍越發嚴重而令胃壁或十二指腸壁在某天洞穿，患者會感受到突然及劇烈的上腹疼痛，而且持久不退。這種突如其來而且持續不停的劇痛，就是腹腔內器官穿洞或破裂的獨有徵狀，其他如肝癌破裂（Ruptured HCC）和腹主動脈瘤破裂（Ruptured AAA）等情況，都具有相同的特徵。這種疼痛的模式與其他疾病有顯著的差別。例如腸胃炎的腹痛原因與腸臟蠕動不正常有關，它的疼痛模式是斷斷續續、時痛時不痛的。此外，由細菌引起的發炎現象都有一個慢慢發展的過程，所以如闌尾炎及膽囊炎等炎症，腹痛在開始時並不是突然且劇烈的，而是慢慢由微痛逐漸增強為劇痛，過程可能需時一兩天之久。有經驗的醫生在查詢病歷時，會特別詢問疼痛的模式，目的就是要收集這些重要的訊息，經過分析後作為診斷的佐證。

隨着食物殘渣和胃酸從消化道流進腹腔，腹腔受到污染繼而開始發炎，劇痛就不只局限於上腹的區域，而是逐漸向四周擴散，致使整個腹部都疼痛起來。形成腹膜炎之後，病人便會開始發燒，其他併發症的徵狀也會逐一顯現。

提起身體檢查的環節，本書前文〈探索腹腔的秘技：TGR〉一文中的檢查方法，就到了發揮威力的時候。PPU 的病人通常都痛得動也不能動，以手掌按壓病人腹部時，肚皮會呈現僵硬繃緊的現象。病歷表上的慣常英語記敘方式為 *board-like rigidity*，中文譯為板狀腹，用以形容肚皮像木板一樣結實堅硬。除此之外，無論腹膜炎是否已出現，按壓痛（T）、腹壁僵硬（G）、反彈壓痛（R）通常都會存在，而腸蠕音（BS）一般也會減弱，只是腹膜炎如果已經形成，則所有這些徵象的覆蓋面會更廣、程度會更嚴重而已。

把 PPU 與別不同的病歷和徵象綜合起來分析，對於經驗豐富的急症科醫生或外科醫生來說，答案很快就會浮上水面。若要尋求一個確立診斷的客觀證據，肺部 X 光或腹部 X 光就是最簡單、便宜、快捷的檢測手段。在 X 光的影像中，橫隔膜以下會呈現一層正常情況下不應存在的空氣。消化道兩端的出口與外界直接聯繫，若胃部或十二指腸穿了一個洞，消化道中的空氣便會洩漏進腹腔，成為穿洞的線索被 X 光檢測出來。

當所有證據都齊備後，PPU 的病人便須接受緊急手術，修補破損的黏膜組織，把洞口堵塞起來，才能阻止併發症的出現，免除死亡的風險。

PPU 的發病率近十年大幅減少，歸根結底得力於質子泵抑制劑（Proton pump inhibitor）及幽門螺旋桿菌（Helicobacter pylori）清除治療的逐漸普及。這些藥物有效預防及治好了消化性潰瘍，從而減低了穿洞的機會。以後，PPU 有望成為只有在 PPT 簡報中才能找到的病症。

# 中國人的自我稱謂：*itis*

*The sons and grandsons of King Itis.*

看到這句句子，大部分人想必會感到莫名其妙。如果我給予一點提示，這是一種中國人的自我稱謂，再綜合 itis（發炎）的意思，應該就不難猜到謎底。在此先賣個關子，於篇末才揭曉答案。

發炎在英語中正確的表達方法是 inflammation，導致發炎的原因有很多，感染只是其中一個。感染的正確名稱是 infection。再進一步來說，感染可以由不同種類的微生物（Microorganisms）引起，常見的有兩類。一是細菌感染（Bacterial infection），二是病毒感染（Viral infection）。細菌和病毒是兩類截然不同的微生物，後者比前者細小很多，治療的方法也完全不同。抗生素是治療細菌感染的主要藥物，但卻對病毒感染起不到任何效果。

不少對醫學認識不深的市民以為，出現喉嚨痛、鼻涕、咳嗽和發燒等上呼吸道症狀，就要服用俗稱「消炎藥」的抗生素，其實這是一個最讓醫生頭痛的誤解。傷風和感冒是最常見的過濾性

病毒感染，上述列出的都是常見的病徵。在這種情況下服用抗生素是完全沒有幫助的，但如果病人因深入腦海的誤解而堅持要醫生處方抗生素，那倒是為難了主診醫生。

在醫學世界裏，有自己的一套命名方式。只要明白了這套命名系統，順藤摸瓜，就會讀懂一個從未見過的生字的字義。這對於一個一、二年級的醫學生極為重要，因為可以省卻不少查字典的時間。

以 itis 結尾的字，全都和「炎症」有關，而且大部分情況下代表了由感染引起的發炎。只要在 itis 之前加上器官或部位的名稱，就代表了那個器官或部位的炎症。這種命名方式其實和中文是並無二致的。

例如，俗稱「盲腸」的闌尾，英語的正確名稱是 appendix，因此闌尾炎的醫學名稱就叫 appendicitis。扁桃腺的英語是 tonsil，因此扁桃腺炎就變成了 tonsillitis。氣管的英語bronchus，所以氣管炎就是 bronchitis。如此類推，pancreas是胰臟，pancreatitis 就是胰臟炎；看到 tendinitis 這個字，就不難聯想到肌腱炎，因為把肌腱翻譯成英語，就是 tendon。

一些聰明的讀者按圖索驥，也許會認為腦炎就是 brainitis，肺炎就是 lungitis，咽喉炎就是 throatitis，肝炎就是 liveritis，心肌炎是 heartitis。這還能錯嗎？如果這樣想的話，雖然邏輯上是

沒有問題的，但遺憾沒有對醫學具有全盤的了解，所以除了引人發笑外，並未能達致真正的認知。

由於醫學上很多詞語都是源於古老的拉丁文和希臘文，所以不少器官或部位的專業用語，皆衍生自這兩種文字，故不能直接用上英語來思考和翻譯。在希臘文中，cephalo 是「頭」的意思，而 cap 在拉丁文中是戴在頭上的帽子，也是和「頭」相關的。因此，腦炎在醫學上的正確寫法是 encephalitis，而且與腦炎極為相似的腦膜炎有另外一種寫法，即為 meningitis。很明顯，meninges 就是包裹着大腦和脊髓那三層組織的名稱。依循拉丁文和希臘文的路徑，肺炎就是 pneumonia，咽喉炎就是 pharyngitis，肝炎就是 hepatitis，而心肌炎則變成了 myocarditis。

一般而言，發生在身體表面的炎症，如咽喉炎、扁桃腺炎和蜂窩組織炎（Cellulitis）等，均會展現紅、腫、熱、痛四種跡象，也可能會導致發燒等整體性的病徵。醫生就是根據這些臨床症狀作出相應診斷的。然而，發生在體內的炎症，如闌尾炎、胰臟炎以及肝炎等，醫生不能用肉眼直接觀察發炎的器官和部位，所以除了從身體檢查獲得的訊息之外，還要進行血液化驗、X 光、超聲波或電腦掃描等檢測，綜合所有資料後才能作出正確的診斷。

由細菌感染產生的炎症，如果未能及時以抗生素控制，有機會導致一連串的併發症（Complications）。局部的併發症

包括在受影響的器官或部位形成膿腫（Abscess），需要以外科手術方式治療。局部的細菌感染如果未能得以有效控制，細菌就有機會進一步進入血液之中，透過循環系統擴散至全身，對病人造成整體性的嚴重影響。整體性的併發症包括敗血症（Septicemia）、敗血性休克（Septic shock）、泛發性血管內血液凝固症（Disseminated intravascular coagulation，DIC）以及多重器官衰竭（Multiple organ failure）。細菌感染一旦出現整體性的影響，病人死亡的風險就會大幅上升，所以在醫療資源情況允許下，很大機會要在深切治療部裏接受緊密的監察和治療。

在掌握了 itis 的意思和相關知識後，再重提本篇開首的問題，應該就不會再難到任何人。答案是「炎黃子孫」。

# 第五章

# 藥物背後的奧秘

Hx JPC Ix
itis C/O GC
GCS SOB FBI
BP/P PO IMI IV SC LA SD
MSU Mx Dx TGR CT USG
-ectomy / -otomy / -ostomy I&D ATP
#NOF IO
AMPLE PPU
ECG GE CXR
DAMA P P/E UTI
SVT PMH
Tds Q4H 1/52 3/52 HT
URTI BP/P AF
CSED
RICE

# 「處理」不等於「治療」：Mx

病歷表的最後一個部分，在電腦仍未廣泛普及的年代，通常都是以 Mx 這個簡寫作結的。儘管現時大部分醫療機構都已用上了電腦，若不用英文全稱表達的話，這個欄目一般仍以 Mx 為代表。

Mx 是 management 的簡稱，翻譯成中文就是「處理方法」的意思。無需多言，這是一份病歷表最為重要的部分，對病人本身而言，也是最直接相關、最有切身影響的範疇。寫在這個欄目內的所有文字記錄，只有一個目的，就是如何治理病歷表的主人。

畢業後不久，我因在病歷表上經常看到 Mx 這個密碼而大惑不解，不明白為何不直接以 treatment 這個更準確的英文字來表達「治療」。事實上，日常臨床工作也經常用到 treatment 這個字，它的簡寫為 Tx，無論在意思上還是字形上都跟 Mx 十分相似。

累積了多年的急症室行醫經驗之後，我在某天突然頓悟，才真正領略到醫學先輩們的眼光是何等精準。誠然，處理和治療在

大部分情況下所指的都具有相同意思。一個人患病了，處理方法不是吃藥，就是做手術，或者打石膏，雖然做法不同，但都是治療的方式。直到一天，一名來看發燒的英國籍男子在我告訴他只是感冒之後，便禮貌地謝絕了我處方的任何藥物，歡天喜地就走了。他臨行時說，在英國醫藥是分家的，他的同胞求診後若知道只是患上傷風感冒，一般都懶得再跑到藥房買藥，因為他們都知道傷風感冒這些小病，是可以自行痊癒的。

他一言驚醒了夢中的我，除了十分贊同他的看法之外，我也登時茅塞頓開，終於解開 Mx 和 Tx 之間的分別。傷風感冒其實是不藥而癒的，只要多休息、多喝水，時間到了病就會自己好起來。像這一次的情況，我沒有開過藥給病人，原則上我沒有提供過任何治療，但我又確實做了最合適的處理。我為病人作出了正確的診斷，解釋清楚情況，並同意他不吃藥的見解，讓他回家休息。我深信這個處理方法，五六天後必定取得預期中的成果。到了那一刻，我才領略到 Mx 是比 Tx 更為準確的字眼。Mx 中包含了 Tx，相反則不是。

除了這個例子之外，我期後陸陸續續找到更多「處理方法」比「治療方法」更能反映事實的證據。例如，孕婦需要定期到產科醫生處進行產前檢查，但懷孕本身並不是一種疾病，根本就不需要治療。若產前檢查一切正常，那些孕婦所接受的建議、訓練和維生素，顯然都不能稱得上是治療方法，說成處理方法就更為貼切。

與此相反，在醫院裏經常遇到一種情況，某些病人已病入膏肓，必須接受某種治療才能保住性命，但這些人由於各種不同的原因拒絕接受治療，甚或提出自行出院的要求。如果病人在精神上仍有行為能力，醫生是不能強迫他們接受治療的，耐心解釋後病人若依然堅持己見的話，只能要求患者簽署「拒絕治療同意書」或「不遵醫囑自行出院同意書」。在這種情況下，醫生無法提供任何治療，卻作出了適當的處理。

　　還有一種情況，病人若被確定患上末期病症，醫學上已沒有任何方法足以起死回生，那麼醫生的目標已不是根治病源，而是改為盡力讓患者在臨終前感到舒適，免除痛苦。相對應的處理方式被分「安寧照顧」（End-of-life care）、「紓緩治療」（Palliative care）、「寧養照顧」（Hospice care）三類，英語原文中都避免使用 treatment 這個詞，因為治療這種說法並不現實，可能導致病人或家屬的誤解。

　　在《急症室的福爾摩斯》第一集中，我曾經為垂死的病人撰寫過一首新詩，為非法墮胎後失血過多的少女，致電進行手術的無牌醫生作出警告。而在第二集，我曾為一名被困急症室數小時後飢寒交迫的老人，到便利店購買麵包和盒裝鮮奶讓其果腹充飢。如果真的要在病歷表寫上為病人做過的事，我相信這些行動還是被稱為處理方式更為合適。

# 頻率與時間的密碼：
# Tds、Q4H、1/52

*I reflect on myself tds.*

　　我從來都不是一個墨守成規、安分守己的人。若每天要我重複着同一種辦事方式，必會叫我十分吃不消。一旦失去了對工作的熱誠和趣味，將會同時奪去我繼續幹下去的動力，這是我絕對不能接受的狀況。正是由於這個性格上的缺點，在當了多年醫生之後，眼見已經到了最合適的時機，我就萌生了跟隨日本著名作家村上春樹的步伐，正式走上了作家的道路。他是在 29 歲寫人生第一本書的。而我，比他遲了十年，才積聚了足夠的勇氣。

　　為了以語不驚人死不休的氣勢寫好我的這本作品，我曾經煞有介事地坐在家中書桌之前，緊鎖眉頭陷入沉思之中，思索着如何以最生動、最幽默的方式表達那些冷冰冰的頻率和時間暗號。

　　思索良久之後，電光火石之間我像被所謂的靈感刺中了一樣，腦海中閃過了儒家學說代表性人物孔子，其得意門生曾子的

一句名言，實際上也是我不斷反覆身體力行的動作。於是，我急不及待地以本來就並不十分靈光的英語把它翻譯了出來。

如果萬世師表仍然在世的話，他看了我如此惡搞其徒弟的思想精華，不知會否氣得七孔生煙呢。

即使沒有看過《論語》的讀者，也不難察覺我寫的那個英語句子，翻譯自「吾日三省吾身」這句曾子的教導。那麼，tds 這暗語的含意也就不難確定了。它明確地代表了「每日三次」的意思，在藥單也經常用到。

依照同一種思路，我也可以把民間智慧以下列的方式，以英語表達出來。

*One apple qd, doctors are far away from me.*

不需擁有很高的英語水平，也不難理解這句子代表的是「一日一蘋果，醫生遠離我」。因此，qd 這密碼就是「每日一次」的意思。

Tds 和 qd，其實都是醫學中一些特定頻率的英語簡寫，是醫生、護士和藥劑師等醫療界的專業人士，每天在工作中都必然會接觸到的暗語。這些行業的從業員，在看到以上兩個英文短句後，自必會發出會心的微笑。

在醫學世界裏，頻率是以下列方式表達的：

| | |
|---|---|
| *QD* | 每日一次 |
| *BD* | 每日兩次 |
| *TDS* | 每日三次 |
| *QID* | 每日四次 |
| *5X/day* | 每日五次 |
| *Q30min* | 每 30 分鐘一次 |
| *Q1H* | 每小時一次 |
| *Q4H* | 每四小時一次 |
| *OM* | 早上 |
| *PM* | 下午 |
| *N* | 晚上 |
| *Stat* | 立即 |

除了表達頻率的簡寫外，也有替代某些特定時間的簡寫。例如：

| | |
|---|---|
| *1/7* | 一天 |
| *1/52* | 一週 |
| *1/12* | 一個月 |

基於一個星期有 7 天，一年有 52 個星期，一年有 12 個月，只要看一下那組數字的分母，就可以知悉那組數字代表甚麼的時

間單位。依照解碼的正確原則，3/7 就是三天，3/52 就是三星期，3/12 就是三個月，如此類推。

從表面上看，QID 的每日四次和 Q6H 的每六小時一次，都是每日四次，基本上沒有分別。但從醫護專業角度出發，卻是有顯著分別的。QID 所指的每日四次，沒有標明每次之間的時間間隔，總之每日完成四次就可以。一般來說，晚上病人睡覺的時候不需要特別起來執行該項工作，只要在每天休息之前，平均分配四段時間就即可。相反地，Q6H 的重點在於規律性地每六小時進行一次，即使晚上睡着了也要被弄醒完成既定的指令。

這些頻率和時間簡寫的出處，已經無從稽考。大學時期接受正統的醫學訓練時，我從未在書本上接觸過這些簡寫。我是到了畢業後出來工作，在當實習醫生時才首次接觸到這些令人摸不着頭腦的字符。在百思不得其解之後，我唯有戰戰兢兢地詢問身旁的護士，才逐步解開了時間之謎。

醫生在施行不少治療時都會使用到這個密碼系統，尤其是在處方藥物的時候。這個系統在醫療界中是通用的。醫生寫下了藥單，藥房中的藥劑師就相應地為病人準備藥物，而護士在取得藥物後，則須準確地派發給病人服用。

以下是五個在醫護工作中經常遇到的實際例子：

## 1. *Panadol 500mg QID PRN PO X 5/7*

把這組密碼轉換成大眾可以理解的文字，就變成了「必理痛，每日四次，每次 500 毫克，有需要時口服，共五天的藥物量」。這是醫生經常在藥單上處方的一種藥物和慣常的頻率。如此這般，聰明的讀者就不難發覺，PRN 代表「有需要時」，PO 代表「口服」。

## 2. *Stemetil 5mg PO Stat*

Stemetil 是一種常用的止暈藥。這個處方代表立刻給病人口服 5 毫克的 Stemetil。一般來説，需要使用到「立刻」這種方式，表示病人的病徵或情況比較嚴重，治療刻不容緩。

## 3. *Bp/P Q4H*

這組字符是醫生經常寫在住院排版上的病人監察指令，代表每四小時為病人量度血壓（Bp）和心跳頻率（P）一次。

## 4. *Neuro-obs Q1H X 6, then Q4H if stable*

Neuro-obs 是「神經監察」（Neuro-observation）的英語簡寫。頭部受創、神志不清、昏迷、癲癇症發作或剛做完腦部手術的病人，平常都需要接受一段時間的神經監察，以持續評核腦

部的功能狀況。這種監察是極為重要的一項評估步驟，連續進行一段時間後，就可以憑藉客觀的數據知悉病人的神經狀況是在好轉，還是在惡化。由於「神經觀察」由多項指標組成，每次進行評核時都得用上一定的時間，而這項工作一般由工作極為繁重的護士進行。如果每名病人都要無了期地每隔一小時就進行一次「神經監察」，而病房內同時有多名病人需要進行這種步驟的話，那麼護士就都幹不了其他工作。因此，對護士頗為體貼的醫生，就會作出「每小時進行一次神經監察，共維持六小時，如果情況穩定，之後就改為每四小時進行一次」這種指令，務求在病人福祉和護士工作之間取得合理的平衡。

## 5. *Wound dressing QD*

這也是一個醫生經常開出的護理方式，代表每日為病人清洗傷口並且更換紗布一次。

從以上的例子就可以了解，這些暗號已經融入了醫護人員的日常工作之中，在醫院的每一個角落都會用得上。如果不懂得這套密碼系統，就如變成了瞎子和啞巴，在醫院是寸步難行的。

當明白了這些頻率和時間的含意，下一次到醫院或診所，於百無聊賴的時候或可以寓等候於娛樂，動腦筋猜一下主診醫生開出的是甚麼樣的處方。

# 藥物背後的奧秘：
# PO、IMI、IV、SC、LA

*Panadol 500mg QID PRN PO*

上一個篇章講解了醫學上關於頻率和時間的一些常用暗語，而且引用了這個例子顯示處方的真實寫法。這種寫法是真真正正列印在藥單上的，病人拿着這張藥單，就可以在藥房拿到所需的藥物。如果病人懂得解碼之術，在藥劑師指導如何服用藥物之前，應該早已瞭如指掌。

重複一遍上述處方的正確內容，那是「必理痛，每日四次，每次 500 毫克，有需要時口服」。QID 所指的「每日四次」，PRN 代表「有需要時」，而 PO 則表示「口服」的意思。

心思慎密的讀者可能馬上就提出疑問，口服固然是病人使用藥物最慣常的途徑，但除此之外，仍有其他眾多的藥物使用方式。如此說來，其他的方式又有沒有暗語代替呢？

答案自然是顯而易見的。醫學上有種類繁多的給藥途徑（Route of administration），在此先把常用的數種列舉出來，然後再借幾款藥物作為例子，作更詳細的解釋：

PO     口服
IMI     肌肉注射
IV     靜脈注射
IVI     靜脈輸液
SC        皮下注射
LA     外用
Inh     吸入
Neb     霧化吸入

## 1. *Metoclopramide 10mg IMI Q8H*

廣府話俗稱的「快過打針」，所指的其實就是肌肉注射，正確的英語是 intramuscular injection，簡寫順理成章就變成了 imi。這裏的 Metoclopramide 是一種最常用的止吐藥。這串密碼代表的處方就是「每八小時肌肉注射 Metoclopramide 一次，每次 10 毫克」。

在過往行醫的二十多年中，遇到過不少小孩，一見到我身上的裝束就害怕得馬上咧嘴大哭，拼了命似的爬到爸爸媽媽的身後，逃避我的檢查。原因也不難想像，他們必定有過痛苦的經

歷，所以把醫院聯想成要打針的地方，而那個穿白袍的人就是折磨他們的惡魔。這個深入民心的印象，相信一天還有醫生這個行業，都會一直延續下去。

## 2. *Augmentin 1.2gm IV Q8H*

根據上述例子的縮寫原則，靜脈注射（Intravenous injection）就被壓縮成為了 iv。Augmentin 是一款極為常用的盤尼西林（Penicillin）類抗生素，在醫院裏經常被用於治療各類細菌感染。這個處方意指「每八小時靜脈注射 Augmentin 一次，每次 1.2 克」。

這裏要注意的是，iv 和 ivi 是有分別的。Iv（靜脈注射）是一次性的，把針筒內的藥物注射進靜脈血管，所需時間不到三、四秒，而 ivi（靜脈輸液）是要持續進行一段時間的。平常在醫院病床旁的鐵架上掛着的瓶裝生理鹽水或藥物，就是以靜脈輸液的方式滴注進入病人體內的。視乎需要而定，整個過程的時間由數分鐘到數小時不等。

平常市民大眾口中的「吊鹽水」，正確的名稱應該喚成靜脈輸液，至於以何種液體進行輸液，就要根據實際情況決定，並非一定使用鹽水。病人如果不能進食，在醫院裏就得接受「吊鹽水」的醫療程序，以維持身體所需的水份。以下列出的是最常用的

「吊鹽水」療法。

*2D1S 500ml IVI Q6H*

內容是「每六小時滴注 500 毫升的葡萄糖液（D），滴注完兩次之後改成每六小時滴注 500 毫升的生理鹽水（S），然後以此模式循環滴注。

3. *Protaphane HM 20iu SC X 3/12*

一型糖尿病人所需的胰島素，一般是作皮下注射（Subcutaneous injection）的。Protaphane HM 是本港常用的一種胰島素。這個處方是指「開給病人三個月藥份的 Protaphane HM，每天早上皮下注射 20 個單位」。最重要的是，千萬不要把本來以皮下注射的藥物改成皮內注射（Intradermal injection）。那樣不但難以獲得理想的治療效果，甚至會產生危險的副作用。

4. *Ventolin 5mg Neb Q4H* 或 *Ventolin puff 2 Inh Q4H*

Ventolin 是治療哮喘發作時的常用氣管擴張劑（Bronchodilator），同一種藥物有多種不同的製劑，既可製成枝裝噴霧劑直接以口部吸入，也可以製成瓶裝液劑經霧化後以口鼻吸入，甚至可以製成藥丸作口服之用。這裏的第一種方式代表

「每四小時吸入透過儀器霧化後的 Ventolin 一次，每次 5 毫克」，
而後者為「每四小時吸入 Ventolin 噴霧劑一次，每次兩口」。

### 5. *1% Hydrocortisone cream LA TDS*

1% Hydrocortisone cream 是一種治療濕疹的含類固醇成分
的常用藥膏。這個處方的意思是「把 1% Hydrocortisone cream
以外用方式塗抹在皮膚患處，每天三次」。

一口氣介紹了那麼多的給藥途徑，究竟哪一種途徑最好呢？
答案是，並不存在所謂最好的一種給藥途徑，每一種都有其好
處，也有其缺點。應該選擇哪一種途徑，視乎要達至何種效果、
有否用藥限制等諸多因素而定，有不同的選擇，也沒有固定的
答案。

例如，病人患的是皮膚病，正常情況下塗抹含類固醇的外用
藥膏，已足夠獲得理想效果，那又何需服用對全身有較多影響的
口服類固醇呢？

又例如，急性哮喘發作是由於氣管及支氣管收縮引起的。以
吸入或霧化吸入方式把氣管擴張劑吸進氣管，就能快速紓緩病
徵，比口服同款的氣管擴張劑能獲得更快速的治療效果。那在危
急的關頭，自然就傾向於先使用這兩種方式。

雖然如此，卻也並不代表口服、靜脈注射以及肌肉注射等途徑都被比了下去。這些途徑的好處是，它們可以對全身大部分器官都起到作用，收到整體性的療效。另外，無論口服或肌肉注射，藥物都需要經過吸收過程才能進入血管，再經循環系統輸送到身體各部而收到療效。靜脈注射就跳過了吸收這個過程，藥物得以直接進入血管，所以是最可靠的給藥途徑，藥效也最快產生。考慮到在危急的狀態，消化道和肌肉吸收藥物的功能並不可靠，所以在急救過程中，大部分藥物都是以靜脈注射方式給予患者的。

雖然擁有可靠度上的優越性，但這也並不意味着靜脈注射就是最好的一種給藥途徑。單是在施藥前要為病人在靜脈中插入管道，就已經嚇怕了不少人。很多人就連在臀部作肌肉注射都害怕，更不用説會欣然讓醫生把一條膠管子放進血管裏面，而且這個方法也比口服和肌肉注射更為繁瑣。因此，按照用藥的原則，如果一名病人並不是病情嚴重、神志不清或昏迷、嘔吐大作或患有影響吸收功能的消化道疾病，最理想的給藥途徑依然是口服方式。

坊間一直有傳言説「打針會快些好」，其實這是一個誤解。醫學院裏的藥理學教授，時刻開宗明義地告訴同學，以同一種藥物而言，打針並不比口服更有效，兩者的效果基本上是相同的。只不過在上述的那些情況下，病人無法吞服藥物，又或消化道吸

收藥物的效果不可靠，才需要轉為肌肉注射或靜脈注射。

在學懂了所有這些密碼之後，大家不妨在下次購買咖啡的時候，以下面的一句話下單，藉此捉弄一下咖啡師，看他能否在一臉茫然中提供正確的服務。

*Cappuccino 100ml PO Stat to go.*

# 抽走膿腫的小手術：I&D

I&D，並非 b+ab 或 Dolce & Gabbana 那樣是個著名的跨國品牌，而是醫學專有名詞 incision & drainage 的英語簡寫。把它翻譯成中文，就是「切開引流術」的意思。

I&D 是一個經常在急症室進行的外科小手術，是治療皮膚膿腫（Skin abscess）最根本的方法。在上一個章節〈中國人的自我稱謂：itis〉一文中，已經對各類炎症作了簡單的論述。文中提及，如果炎症得不到有效的控制，就有機會在發炎的器官或部位引起局部的併發症，而膿腫（Abscess）就是其中的一個局部併發症。膿腫如所有炎症一樣，可以存在於任何器官或部位。大腦中的膿腫叫 brain abscess，肝臟中的膿腫是 liver abscess，肺部的膿腫是 lung abscess，而在皮膚中滋生的膿腫自然就是 skin abscess 了。

膿腫一般是以球狀的形態存在於受感染的組織之中，內裏浸滿了因發炎而起的膿液（pus），也積聚了大量細菌和白血球等免疫細胞。膿腫的球狀邊緣被一層壁膜包裹着，目的是防止細菌擴

散到膿腫之外，以免造成更嚴重的影響。

膿腫的病徵主要引起受影響區域的腫脹和疼痛，也可能導致發燒和疲倦等全身的反應。由於膿腫裏積聚的是液態的膿，如果可以用手指按壓的話，就能夠感受到液體在裏面向四周流動的狀況。這種跡象有助醫生對身體表面的膿腫作出快速的診斷。然而，醫生不能直接觸摸那些深埋在體內的膿腫，所以就必須借助超聲波或電腦掃描等檢測手段，才能作出準確的判斷。

若然得不到及時的治理，膿腫的體積或會越來越大。以肝臟的膿腫為例，直徑在極端情況下可以大至十厘米。如此大的一個佔位性病變（Space-occupying lesion）也可能擠壓着附近的正常組織，引致其他的病徵。例如，巨大的肝臟膿腫若然壓着總膽管（Common bile duct），就會產生膽管閉塞的情況。

所有的膿腫都不可能單靠抗生素治好，根治的方法都必須涉及引流手術，把積聚在膿腫之內的膿抽走，配合適當的抗生素才能治本。根據膿腫所在的位置，引流術也有多種不同的類型。深埋在體內的膿腫，多以外科手術或超聲波導引方式切除或引流，而在皮膚上的膿腫因為容易觸及，則通常以 I&D 的方法處理。

切開引流術這種小手術，做起來並不困難，是所有醫生都應該懂得的醫療程序。在手術室中為病人患處表面的皮膚進行消毒後，於膿腫周圍注射局部麻醉劑，待藥力見效之後，以手術刀切

開皮膚，把內裏的膿液排走，並以鉗子把膿腫中黏附起來的組織清除掉，最後以消毒殺菌劑把傷口清洗乾淨，就大功告成了。

在手術過程中，醫生會採集一些膿液送往實驗室進行俗稱「種菌」的微生物培植測試，該種測試大約四、五天後才有結果。微生物化驗報告會列出從膿液中培植出來的細菌，以及數種能有效殺死該細菌的抗生素，作為醫生的用藥參考。

切開引流術完成後，醫生一般不會立即把傷口縫合起來，因為那極有機會再度引發細菌感染，並重新積聚膿液。正確的方法是每天清洗手術後留下的窟窿及更換紗布，讓它自行癒合，或待一段時間之後才以手術方式縫合傷口。

# 手術刀下的傑作：
## -ectomy / -otomy / -ostomy

　　上世紀 90 年代在醫學院修讀臨床前期課程時，常要背誦一些刻板得索然無味的英語專業名詞。醫學裏的專有名詞很多都是由古希臘文或拉丁文轉變而來的，一些看起來極其相像的字母組合，都發展自相近的源頭。擁有西方文化傳統背景的人，看到這些字詞之後會比較容易理解箇中意義，但對於我這個在畢業前仍未踏上過飛機的人，卻苦澀得令人頭痛，唯有勤加努力把它們死記硬背下來。

　　每當回想起當年背誦這些專業名詞的艱辛，我便會馬上意識到腦海中某個負責記憶的角落，已牢牢鎖緊了三十年前學懂三個英文字的情景，而且這段記憶就如被困在最高度設防監獄內的囚犯，將會被永久禁閉在大腦皮層之下，絕不可能逃脫。

　　當年遇上以 ectomy、otomy 和 ostomy 這三個十分相似的字母組合作結尾的生字時，我真是驚掉了下巴，霎時傻眼了。雖然都由 tomy 這四個英文字母作結，但三個組合的意思卻是南轅

比轍。我心裏想，你們長得那麼像，而我的記憶力卻並不特別出眾，教我如何記得住你們。

在翻查字典和筆記之後，我終於弄懂了以這三種字母組合作結尾的名詞，分別代表三種不同的手術。只要在它們之前加上代表器官的部分，就變成了一個特定的手術名稱。首先，ectomy 意指切除術，在前面加上要切除的部分，就成了某某器官的切除術。例如，廣府話俗稱的盲腸，前文提過正確名稱是闌尾（Appendix），連接上 ectomy 就成了 appendectomy，也就是治療闌尾炎的手術方式。其次，otomy 是指切開術。例如，呼吸衰竭的病人在急救時，經常要進行氣管切開術（Tracheotomy）。把這個字拆解成兩半，字首部分代表氣管（Trachea），和 otomy 拼接起來後，就是在喉嚨部位把氣管切開的手術。最後的 ostomy 指的是造口術，例如 colostomy 是結腸造口術，它把一段結腸連接到肚皮上，使大便可以透過造口排出體外。

雖然字義是搞明白了，但畢竟字形太相近，一時三刻也不容易記清楚，於是我自作聰明地創作了一個幫助記憶的小把戲，才得以笨拙地把它們牢記下來。

把某些組織或器官切走扔掉，一了百了，最為簡單。簡單就是 easy，和 ec 同音，所以 ec-tomy 就等於切除的意思。英文字母 O 像一個洞口，順理成章地 o-tomy 就是切一刀開個洞，

形象地演繹了切開術的內涵。最後，子宮頸口的英語是 cervical os，os 隱含了「口」的意思，那麼 os-tomy 自然就是人為地造一個開口的技術，完美吻合了造口術的本質。

　　經過這樣的一番操作，我對所有以這三種方式結尾的手術都得心應手了。Tonsillectomy、splenectomy、thyroidectomy、prostatectomy 就是把 tonsil、spleen、thyroid 和 prostate 切除的手術。手術之後，身體便相應地失去了扁桃腺、胰臟、甲狀腺和前列腺。另一些同類手術，由於字首較為複雜，故難以被業外人士猜透，例如 cholecystectomy 和 hepatectomy，就分別代表膽囊切除術及肝切除術，對於醫生來說卻是一目了然。相對而言，otomy 及 ostomy 比 ectomy 在類型上少很多，轉用另一種方式表達，就是切開術、造口術與切除術根本就不在同一個數量級。切開術中較有代表性的例子為顱骨切開術（Craniotomy）和耳膜切開術（Myringotomy），而 colostomy 和 tracheostomy 則是造口術中最常見的範例，分別對應結腸造口術和氣管造口術。因為字形太相似，一旦混淆了就會出現嚴重的醫療事故，所以必須小心謹慎。試想一下，把 tracheostomy 氣管造口術誤作為 trachectomy 氣管切除術，病人可就活不成了。

　　光陰似箭，日月如梭，如今急症室的福爾摩斯已非當年雄姿英發，談笑間可令檣櫓灰飛煙滅的青年。現在我每天診症，約有四分一人的病歷上曾有過 ectomy、otomy 或 ostomy 的紀錄，

可見這幾類手術的普遍。得益於當年自創的助記神功，這些字對我已經毫不陌生，只要看上一眼，就可以聯想到病人身上被手術刀雕刻過的傑作。

# 給傷者最香甜的米飯：
# RICE

急症醫學中最幽默，又最令人摸不着頭腦的密碼，或許是創傷患者經常要用到的治療方式，英文簡稱只有四個字母：

*RICE*

這四個字母組成的單字顯淺不過，就連幼稚園的學童也知道，但它確實隱藏着甚麼大道理，卻沒有多少有慧根的成年人能領悟得到。

我是一個自由主義者，無論何時何地都盡情享受着無拘無束、玩世不恭的生活，即使在工作的時候，也經常和病人談笑風生，還不時捉弄沒有防備的人，令診療室不至於太沉悶刻板。當遇到一些受傷後出現肢體疼痛腫脹的患者時，在問診快將完結之前，我時常會刻意收起笑容，一臉正經地對傷者說：「你回家後要多吃些米飯，那就會快些好起來。」

幾乎所有傷者在聽到這句完全沒有邏輯可言的話後，都會與家人和朋友面面相覷，還在臉龐上掛起一個大問號。

在享受過愚弄別人的快感後，我便會像古時市井上的說書先生一般，春風得意地把米飯的寓意，帶着故弄玄虛的口吻逐一解說。看着傷者被我深深吸引的樣子，心中難免升起一股莫名的滿足感。

米飯的第一個字母 R，毫無保留地昭示着創傷的首要治理原則。受傷部位的骨骼和軟組織，需要休息才能更快康復，而休息的英語就是 rest。這也解釋了何以傷者不主動開口，醫生也會給予病假的原因。如果骨頭斷了或韌帶撕裂了，即使進行過手術，病人仍需休息一段頗長的時間，才能回復原本的活動能力。休息並不等同於完全不活動，而是在復原前不適宜進行涉及受傷肢體的運動。如下肢受傷的話，也應避免逛商店等不必要的活動。

第二個英文字母 I 指的是 ice，冷卻治療的意思。顧名思義，透過在受傷組織表面敷冰袋或噴冷噴劑，藉此降低受傷組織的溫度，可減少局部地區的血液流量和減慢新陳代謝，從而減低出血及發炎的情況，對於消腫、止痛、紓緩肌肉痙攣有不錯的效果。但冷卻治療也有其弱點，只有在受傷後的頭兩天發揮效用，日子久了，就不再有療效。

第三個字母 C 代表的是 compression，施加壓力的意思。

在受傷的肢體或關節套上彈性紗布繃帶，是最簡單又最常用的施加壓力方式，對局部的腫脹和痛楚能起到紓緩作用，而且能提供額外的保護，對提升傷者的信心也有幫助。

最後一個字母 E，是英語單詞 elevation 的開首，以中國人聽得懂的話表達，就是抬高的意思。把受傷的肢體抬起來，就能幫助血液流通，有消腫的功用。

把這四種「武功」綜合起來使用，就能以物理的方式，達致止痛、消腫、減少發炎、促進康復的作用。這四個方法使用起來相對簡單，成本十分低廉，也沒有明顯的副作用，對於所有手腳受傷的情況都適合，所以用途極為廣泛。基本上每名到急症室求診的此類傷者，無論有否骨折，都會被給予若干部分的 RICE治療。

由於擁有許多的優點，這種米飯對傷者而言具有說不出的香甜，絕對是一種無法婉拒的盛宴。

# 不聽勸告的大媽：DAMA

　　短短的三四十年前，醫生仍是一個極受人尊敬的行業。那時候，醫生可謂一言九鼎，説話極具權威性。病人對醫生都是言聽計從，甚少對醫生的決定提出異議。然而，隨着時代的進步，病人的教育水平高了，社會整體富裕了，再加上醫生的人數也多了，不再像以往那般罕有，導致病人的自我意識大大增強，也更善於行使病人的權利。醫生頭上的光環開始逐漸褪色，再難像以往那般指點江山。

　　公立醫院的牀位極為有限，而本地大部分病人都是在公立醫院看病的。從善用資源的角度來説，公立醫院的醫生從不輕易把病人收進醫院治療，只有病情嚴重複雜，生命受到危險，或年老病人因缺乏照料而不適宜回家，醫生才會提出住院留醫的建議。

　　雖然時至今日，大部分病人仍會遵循醫生專業的意見，但過往十多年以來，愈來愈多的求診人士會以各種各樣的原因，向醫生提出離院返家的要求。當中的一些原因可以沉重得讓醫者心酸，例如本身不便於行的病人堅持要回家照料年老臥牀的伴侶，

另外的一些卻往往令人啼笑皆非，回家理由只是單純的要餵養家中快要餓壞的寵物，或要關上開着的煤氣爐。

公立醫院的《病人約章》清楚列明，病人有病人的義務，也享有病人的權利，可以根據自身情況作出決定，選擇最適合自己的治療方式。從另一角度來看，病人个是凶犯，醫院並非監獄，醫生也絕非警察和法官，沒有被賦予任何剝奪他人自由的權力，因此不能強行把擁有自主能力的病人留在醫院。在這種情況下，就是被我戲稱為「大媽」的主角上場的時刻了。

所謂大媽，字面上隱隱流露出魯莽的中年女性的意思，但實際上卻沒有如此深奧，也絕對沒有任何貶損之意。只是在那種情況下，醫護人員要為病人解釋清楚「不遵醫囑自行出院」（Discharge against medical advice，簡稱 DAMA）同意書的條文，並讓其簽署作實。這種同意書有另一個更為淺白的別稱，就叫「自行出院同意書」，兩者沒有任何分別。若干年前，我驚訝地發現這種同意書的英文簡稱 DAMA，與大媽的普通話發音竟如出一轍，自此以後就為它起了這個暱稱。

在日常工作中，若有病人不聽從醫生勸告堅持離開醫院，醫護人員口頭上確實以 DAMA 四個英文字，來形容當時的狀況以及那份同意書。

根據相關法例，一旦簽署了 DAMA，病人就要完全承擔起離開醫院後所有的健康風險，若日後出現任何醫療事故，都和醫院及主治醫生無關，後者無需承擔任何醫療意外責任。

儘管病人簽署了 DAMA，拒絕住院治療，但也不代表醫生可以袖手旁觀。患者只是不留在醫院，醫生仍有責任給予住院以外的適當治療，利用可行的途徑在最大範圍內保障病人安全。除了處方藥物，醫生也可以安排覆診，或把病人轉介到其他診所接受後續治理。

在介紹大媽出場的時候，我曾特別指出只有具備自主能力的人才可以親近大媽，那些在精神層面喪失自主能力的人士，包括智力低下、神志不清、昏迷、思覺失調等患者，不能自行簽署 DAMA 同意書。為了保障這些人的權利，假若真有需要，他們的直系親屬或監護人可代為簽署。

# 本書提及的部分密碼和謎底

（按標題順序）

| 密碼 | 謎底 |
|---|---|
| Hx | 病歷 |
| PMH | 既往病史 |
| CSED | 長期抽煙已戒除飲用酒精人士 |
| S、D | 抽煙、喝酒 |
| C/O | 病人的主訴 |
| 3/52 | 三個星期 |
| SOB | 呼吸困難 |
| AMPLE | 過敏史、服用的藥物、既往病史及最後一次用膳時間及事發經過 |
| P/E | 身體檢查 |
| GC | 整體狀態 |
| GCS | 格拉斯哥昏迷指數 |
| BP/P | 血壓 / 脈搏 |
| JPC | 黃疸、蒼白及發紺 |
| TGR | 壓痛、腹壁僵硬及反彈壓痛 |
| 6Ps | 疼痛、麻痺無力、麻木、蒼白、冰冷及脈搏消失 |
| Ix | 檢測化驗 |

| 密碼 | 謎底 |
|---|---|
| ECG | 心電圖 |
| CXR | 肺部 X 光 |
| CT | 電腦斷層掃描 |
| USG | 超聲波 |
| MSU | 中段尿液 |
| PT | 懷孕測試 |
| Dx | 診斷 |
| URTI | 上呼吸道感染 |
| GE | 腸胃炎 |
| UTI | 尿道炎 |
| IO | 腸阻塞 |
| #NOF | 股骨頸骨折 |
| HT | 高血壓 |
| SVT & ATP | 室上性心動過速、三磷酸腺苷 |
| FBI | 誤咽異物 |
| AF | 心房纖維性顫動 |
| PPU | 消化性潰瘍穿孔 |
| itis | 發炎 |
| Mx | 處理方法 |
| Tds、Q4H、1/52 | 每日三次、每四小時一次及一週 |
| PO、IMI、IV、SC、LA | 口服、肌肉注射、靜脈注射、皮下注射及外用 |
| I&D | 切開引流術 |
| -ectomy、-otomy、-ostomy | 切除術、切開術及造口術 |
| RICE | 休息、冷凍治療、施加壓力及抬高 |
| DAMA | 不遵醫囑自行出院 |

空氣中飄盪着病歷表上的摩斯密碼，

福爾摩斯正以凌厲的眼神掃視四周，

盤算着通往下一個目的地的路徑。